成功者が教える魂の富の作りかた

DREAM

ドリーム

ド

飛鳥新社

DREAM　成功者が教える魂の富の作りかた…目次

《登場人物紹介》

●**泉卓也**……24歳で独立し、29歳のときに弓池と出会い、紹介された整体院の経営を始める。

●**湯沢**……卓也に整体院のビジネスを教えてくれた恩人。亡き弓池の友人であり投資の師でもある。

●**石田**……天才的なビジネスのセンスを持つ。卓也とともに、成功を目指す人の組織「ウィナー」を結成する。

●**長谷川江美**……ウィナーの女性メンバー。人と話すのが好き。

●**アラン・スミス**……資産運用アドバイザー。イギリス人だが3歳から20歳まで日本にいたので日本語のほうが上手。

●**弓池**……卓也にビジネスを教えてくれた師。3年前に死去。

●**安達清志**……卓也から支店を任せられている院長。

●**小松**……ウィナーで社長に任命される。

●**恭子**……卓也の店で働く頼もしいパートスタッフ。

●**ディア**……卓也の飼い犬の黒いラブラドール・レトリーバー。

《前作『CHANCE』より》

サラリーマンになるのは嫌だ！　と独立を志し、いろいろな事業に手を出しては失敗を繰り返す泉卓也は、ある日偶然、フェラーリに乗る成功者・弓池と知り合う。弓池の下で、整体院ビジネスを始め、数々の試練を乗り越え、成功するとはどういうことかを学んだ卓也は、いま新たなステージへと歩を進めようとしていた——。

1 裏切り

人生は順調？

33歳になった泉卓也の生活は、恋人の美穂子と毎週のように喧嘩をしてしまう、という悩みを除けば順調そのものだ。４年前に始めた整体院は2店舗になり、今では本店も支店も順調だ。

そのおかげで収入は十分にある。20畳のゆったりしたリビングには、大きなプラズマテレビに、ホームシアターを楽しめるオーディオセット、座り心地のいい３人がけのソファ、おしゃれなデザインのテーブル、そして、こだわりの北欧の照明が設置されている。好きなだけ買い集めたＣＤは壁の棚に並べられて数百枚のコレクションになっていた。

何よりも自慢は、1年前に両親の家を建て替えてあげたことだった。月20万円のローンは今住んでいるマンションの家賃に加えると決して負担の軽いものではなかったが、両親が生きているうちにしかできないのが親孝行だと考え、喜んで払っていた。

乗っている車は成功者の証、フェラーリだ。日曜日のデートでは大活躍している。と言っても、これは自分で買ったものではない。元はと言えば、卓也に人生の成功とは何かを教えてくれ、整体院に出資してくれた人物である弓池の愛車だった。その恩師は3年前に突然亡くなり、卓也が愛車を譲り受けることになったのだ。車は卓也のマンションではなく、弓池の家のガレージに保管されていた。だから譲り受けたと言っても、完全には自分のものではなく、亡き恩師の宝物を預からせてもらっている、そんな気分だった。

しかし、そんな高級車やたくさんの高価なモノに囲まれていても、自由な時間がないのだ。自分が院長として働いているので休めるのは日曜日だけ。何かの用事で——それはほとんど仕事だったが——その日曜日のデートができないこともある。美穂子はそれが不満だ。そして、積もった不満がちょっとしたことで喧嘩の火種になるのだった。

都心でＯＬとして働く24歳の彼女は、背が高いわけではないが顔立ちが愛らしく、つい目を奪われるような女の子だ。小さい顔に比べて目が大きく猫のようだ。その目で見つめられるとぽーっとなってしまう。明るい髪を内巻きにくるんとカールしている。スタイルが抜群で出会いの場となった合コンの席では、卓也は胸の谷間に目をやらないようにするのに必死だった。こんな娘と付き合えたら、なんて幸せだろうかと思ったものだ。交際が始まってからも、自分が年下のこんなにかわいい女の子と付き合っていることが、時々信じられなくなることもあった。

「ねえ、日曜日くらい遊ぼうよ。ぜんぜん会えないんじゃ、つまんない」

「しょうがないよ。経営者なんだからさ。他に誰も代わってくれないんだから」

「だったら、他の男の子と遊んでもいいの？」

喧嘩になると美穂子はこのカードをちらつかせた。卓也の心は不安と怒りでかき乱されるのだった。

度重なる喧嘩に、卓也は原因を考える。

（店が忙しすぎて、時間がないのがそもそもの原因なんだ）

（いくらお金があっても、それを使う時間がなくてはだめなんだ）

昔、理想の1日というのをノートに書いたことがある。その中ではジムに行って汗を流したり、起業家の相談に乗ったりして自由な時間を過ごしている。整体師として1日中お客さんを相手にする今とは程遠い。

卓也は考えた。支店を安達清志に任せているように、自分が院長をしている本店も誰かに任せられないだろうか。問題は、任せられるほどの人材が見つかるかどうかだ。院長が代われば、毎週のように来てくれているお客さんが離れてしまうだろう。

（どうやったら仕事をしないで上手くお金を手に入れることができるだろうか）

卓也は真剣に時間の自由を手に入れる方法を探し始めた。

そんなことを考え始めた数日後、すべてを崩壊させる大事件は起こった。

横領事件

「おかしい……」

卓也は整体院の事務室で1人、頭を抱えていた。支店のこの数ヶ月の売上が落ち込み、来客数に対してレジに入金された売上が少なすぎる。整体とダイエットを同じ店の中で行っているのだが、そのダイエット部門の数字が違っている。

支店を任せている安達清志が関係しているのではないか、という考えがすぐに浮かんだ。彼には支店の日常業務を任せていた。卓也は支店の資金面や人事面だけを管理していて、よほどのことがないと支店に出向くことはない。だから、十分に目が届いているとはいえない。

卓也は清志の顔を思い浮かべた。ほっそりしたあごは内面の繊細さを感じさせる。清志は優れた経営者とは言えないかもしれないが、整体師としての腕は確かだった。口下手であったがお客さんからの評判はよく、誠実そのもので、卓也は何の心配もなく支店を任せていた。

問題が起こっても2人で力をあわせてなんとか乗り越えてきたのだ。一緒にやってきたこの3年間、年下の清志を弟のようにかわいがってきたつもりだ。半年前まではよく、店が終わってから2人で美味しいラーメンを食べ歩いたものだ。それはいいコミュニケーションの時間だった。しかし、まず清志に彼女ができたために卓也から遊びに誘いにくくなり、卓也が美穂子と付き合いだしてからはすっかり疎遠になっていた。

何かの間違いではないかと思い、業務ノートに書かれた半年前の客単価をもう一度計算してみる。ここ数ヶ月の客単価は半分に減っている。客単価がそんなに減るはずはないのだ。その差額を合計すると約100万円になっている。

ごく単純な手口だった。お客さんから受け取った現金の一部をレジに入れずに自分のものにしているのだろう。

「ちくしょう。目を離しすぎたなあ。ぜんぜん気にかけていなかったからなあ」

舌打ちをし、自分の甘さを後悔する。そして、裏切られたという苦い思いがのどの辺りを焦がした。その夜は明け方まで眠れなかった。

翌日、閉店後に卓也は支店を訪れた。清志はレジの前で1日の集計をしていた。卓也が来たことに気づくと、驚いた顔をした。

「卓也さん、今日はどうしたんですか」

卓也は前置きなく問いただした。

「どうもこの店の売上が正しく計上されていないようなんだ。もし知っていたら正直に言ってほしい。この3人は商品を買って、お金を払ったと言っていた。でも受け取ったはずの現金がレジに入金されずにどこかに行ってしまっている」

　昨日調べた証拠のメモを見せた。

「あぁ、それのことですか。少しの間だけちょっと借りたんです。後でちゃんとレジに返すつもりです。問題はありません」

　怒りが爆発しそうになるのを何とか抑えた。

「要するに、受け取ったお金をレジに入れずに自分で持っていたというわけだよね？」

「は、はい。まあそうです」

「清志、それは犯罪というんだよ」

「全然そんなつもりじゃないんです。……ああ、すみません……」

「なんでそんなことをしたんだよ？　してはいけないことだって知っているよね！」

「……はい」

「それも相当な金額じゃないか！　給料は十分払っているだろう。何に使ったんだよ」

　何度か問いただすと清志がやっと口を開いた。清志が半年前から付き合っている彼女が借金を抱えていたのだという。彼女はサラ金から借りた借金を返すためにまた他のサラ金から借りた。そうしているうちに借りる当てがなくなり、とうとう清志の名義でも借りてしまったというのだ。卓也のほうから彼女がどんな人なのかを聞いたこともなかった。清志のプライベートのことは興味がなかった。今になって無関心だったことを悔やんだ。

「君が彼女の借金を背負って、それで店の金に手をつけたってこと？　まったく頼むよ。そもそも、サラ金から借金してしまう女の人ってどうかと思うよ」

「借金の大元は前に付き合っていた彼氏の借金なんです」

「はあっ⁉　それをなんで君が背負っているわけ？」

　なんだかおかしな話だ。

「彼女は純粋で本当にいい子なんですよ」

　清志はなんとか彼女をかばおうとする。清志はすっかりのめりこんでいるようだ。何かが狂っている。清志はやさしい性格だ。かわいい彼女をなんとかしてあげたいと思ってしまったのだろう。しかし、お店の金に手をつけたことは決して許されるものではない。犯罪なのだ。

　卓也は怒りで頭の中がカッと熱くなるのを感じた。落ち着くために大きく深呼吸をする。息が震えているのが分かった。

「君の名義の借金はあといくらなの？」

「全部で１２０万円です」

　大きな額だが今の清志の収入を考えれば半年もすれば返済できるはずだ。

　清志は土下座をして「すみません。働いて返しますから」と何度も誓った。

　あきれながらも清志をこれからどう扱ったらいいか考えていた。

　ここで辞めさせれば清志は他の職を探すしかなくなる。そうなればきっと盗まれた売上の１００万円の返済は難しいだろう。それに院長が不在では店は運営できない。今から院長となる人物を探しても見つかるまでに数ヶ月はかかる。その間、支店は一時的に閉めなければならなくなる。が、一度閉めればお客さんは完全に離れてしまう。

　卓也としては、横領された１００万円を失った上に、この支店まで失うことは何とか避けたい。１人で細々とビジネスをしていた苦しい時代を思い出していた。もうあの状態には後戻りしたくなかった。

卓也は悩んだが、清志をクビにしなかった。整体院の院長を続けさせて返済させるほうを選んだのだ。100万円は毎月10万円ずつ必ず返済するという誓約書を書かせた。いままで真面目だった彼を信じたかった。

家に帰ったときには夜中の1時を回っていた。

「ディア、ただいま。今日はひどいことがあったよ。まったくなんて愚かなんだろうな。せっかくの信頼も仕事への評価も一瞬で台無しにしてしまうんだ。バカだよ。大バカ」

怒って言ったので真っ黒いラブラドール・レトリーバーのディアは自分が怒られたのかと勘違いして、首を低くして尻尾を丸め、ごめんなさいの姿勢をとった。卓也は違うよ、とディアを抱きしめて安心させてやった。ふんわりした毛の感触と匂いが卓也を癒した。

次の日、卓也が1人目のお客さんに応対しているときだった。支店から電話がかかってきた。スタッフが不安げな声で訴えた。

「あのう、院長が来ないんです。お客さんがさっきから待っているんですけど」

「ええ！　来てないの？　連絡はないの？」

恐れたことが起こってしまった。卓也は自分の甘さを悔やんだ。

「はい。今朝は電話もなくて。最近ずっとなんか元気なかったんです」

すぐに清志の携帯電話を呼び出すが出ない。仕方がないので、パートスタッフが担当するダイエット部門だけを営業させ、今日の整体の予約はすべてキャンセルにし、謝罪の電話を入れるようにと伝えた。

「もし、連絡が取れなくてお客さんが店に来てしまったらどうしましょうか？」

「うーん、そうだな。しょうがないからインフルエンザになったとでも言っておいてよ」

最悪の事態が起きてしまったと思ったが、それから数時間後には状況はもっとひどくなった。

今度は、悲痛な声で訴える電話がかかってきたのだ。

「どうしましょう。男の人たちが借金を返せって言って来ているんです！」

目の前が真っ暗になった。

「えっ！　借金取りが店に？」

「はい。それに大きな声を出して。もう、どうしたらいいんですか……すごく怖いです」

哀れなほど脅えている。もうパートだけに対応させるのは無理だ。

「そうか、僕が話すから電話を替わって」

スタッフが電話を取り次ぐ間、卓也はなんと言うべきかを高速で考えていた。

「あーもしもし、安達さんっていう方を探しているんですけどね。どこですか!?」

受話器から柄の悪い大きな声が響いた。一瞬心臓がぎゅっと縮む。卓也は向こうの店内に他のお客がいないことを祈った。

こういう人たちは昔、中古車ブローカーをしていたときに何度か出会ったことがある。脅えてはいけない。冷静になれと自分に言い聞かせる。

「本人はしばらく休んでいるんです。そこの店は関係ありません。どうぞお引き取りください」

「こっちも貸した金を返してもらわないと困るんだよ。あんたが雇っている社員だろ。なんとかしろよ」

そもそも借金の保証人になっているわけでもない。ただの言いがかりだ。

これ以上店に居座るつもりなら警察を呼ぶというと、男たちはやっと去っていった。

スタッフはすっかり気が動転している。

「大丈夫、これは院長の問題だ。奴らは関係のない人間には何もできないよ」

おびえたスタッフにそう言いながら、自分も落ち着かせようとしていた。

卓也は電話を切ると自分の手が震えていることに気づいた。全身の力が抜けてイスに沈み込んだ。

月収が半分以下に

整体師協会に連絡して、清志の替わりの院長を探してみたが、適当な人材はすぐには見つからなかった。

ダイエット部門だけでも稼動してくれれば支店は存続できるだろう、と考えていた。だが、借金取りは2、3日おきにやってきて、騒ぐことはなかったものの、スタッフはストレスから胸の痛みを訴えるようになり、とうとう出勤しなくなった。卓也が本店を空けて行くわけにもいかない。支店のシャッターを閉じ、張り紙に「院長が急病のためしばらくお休みします」という文と連絡先として本店の電話番号を書いた。その対応で本店の営業にも支障が出る始末だった。

すべてがめちゃくちゃになってしまった。

卓也はそのころから朝5時になると胸の苦しさで目が覚めるようになった。胸が痛いと言って休めるスタッフがうらやましかった。

1週間経っても、2週間経っても清志からはまったく音沙汰がない。院長がいなくては支店を運営することもできない。もう支店は閉じるしかないだろう。

砂の城はあっという間に崩れ去った。

事業というものは、始めるときは成功を夢見て前向きな気持ちでいられるものだ。しかし、終わりのときは、すべてが後ろ向きの辛い作業になる。そのうえ、お金はどんどん出ていく。チケットを買ってくれたお客さんにはお詫びの告知をして返金しなければならない。また、店舗にかかわるたくさんの契約関係を解消しなければならないが、決められた期間よりも早く打ち切るので違約金が発生する。店舗の内装を撤去する費用だってかかる。お金をかけて作った内装は閉店時にはゴミとして廃棄費用がかかるのだ。

最終営業日の夜、卓也はスタッフたちと最後の片づけをした。支店の開店前日に関係者を招いて催したパーティを思い出していた。遠い昔のことのようだ。やめようと思っても何度もため息が出てしまうのだった。

何よりも信じていた清志に裏切られたことが卓也の心を深く傷つけていた。

経営者はなんて孤独なんだろう。

自分以外は誰も信じてはいけないのだろうか。

また卓也は自分の甘さも責めた。清志が店の金に手をつけたのは、自分が連絡を取らなかったことも原因だ。少なくとも週に1回は店に顔を出し、清志とコミュニケーションをとっていれば防ぐことができたかもしれない。

最終的に閉店にかかった費用は200万円近くになった。痛い出費だ。この数年間で貯めた預金から払った。

「ディア、ただいま」

仕事が終わり疲れきって家に帰ると、ディアがいつものように大歓迎してくれる。

「お前はいつも平常心だな」

卓也はディアの頭の匂いを嗅ぐと、心が救われる気がした。


それからしばらく経ってからも時々何かの拍子に裏切られた思いがよみがえり、清志のことを考えてしまう。

(あんな奴はどこかでひどい目に遭えばいいんだ)

いつのまにか攻撃的な考えで頭がいっぱいになっている自分に気づく。それは少しもいい気持ちではなかった。

(もう恨むのはやめて許そう。許せば自分が楽になれるんだから)

卓也は必死で清志を許そうとした。清志が貢献してくれた部分と善良な部分だけをみようとした。

閉店したおかげで、支店のストレスからは解放された。

だが、すべてが「めでたし、めでたし」となったわけではなかった。連鎖して次々に問題が起きてきたのだ。

卓也の月収が一気に半分以下に減ってしまった。美穂子とのデート代さえ苦しい。いまさらデートのお金を出してくれと言えるだろうか。今の自分を知ったらきっと嫌いになるだろう。信頼していたビジネスパートナーと大切な支店を失い、さらに愛する恋人まで失うことは耐えられなかった。

預金を崩しながらの生活になった。なんとかしなくてはいけない。

閉店の報告

「そうだ、湯沢さんに報告しなくちゃ」

この整体院のビジネスモデルを使わせてくれたのが湯沢という人物で、5年前に弓池に紹介されたのだった。それほどの恩のある人だというのに2年も会っていない。電話ではなく、会いに行って報告したほうがいいだろう。行けるとしても店が休みの日曜日しかない。美穂子にデートができないことを伝えるのは怖かったが、先延ばしはできない。なんとか来週は美穂子を表参道のスイーツの店に連れていく約束をしてなだめた。

東名高速道路から首都高に入る。日曜日のガラガラの首都高をフェラーリで走るのは最高に気分がいい。しかし、運転しているといつのまにかこれからの不安や横領事件への思いが心を支配し、卓也は散り散りに乱された。そうすると上の空になり、何度も高速道路の分岐を間違えそうになった。今の自分にはフェラーリは不似合いだと感じた。

「久しぶりだなあ。やっぱりいい家だなあ」

湯沢の家を訪れるのは2回目だ。外見はそれほど大きくないし豪華にも見えないのだが、内装にお金がかかっているのだ。古本の事業でこんな素敵な家が建つのだから大したものだ。

チャイムを押すとワンワンと吼えながら大きなゴールデン・レトリーバーが庭に飛び出てきた。インターフォンで挨拶をするとドアの鍵が電動でウィーン、カチャと解除される音が聞こえた。

両開きの大きな玄関ドアを開けて中に入る。玄関は広々とした白灰の大理石だ。

「お久しぶり！　遠いところありがとう。よく来てくれたね」

湯沢は笑顔で迎えてくれた。声は少し高め。目はくりくりした愛嬌のある顔だ。鼻は雫型で卓也はなぜかセサミストリートの人形を連想してしまう。

庭に出ていた犬が走ってきて、熱心に卓也の股間の匂いを嗅いだ。

「卓也君のそこは何かいい匂いがするらしいね」

湯沢が冗談を言う。卓也が毛足の長いゴールデンの毛をなでてやると体をこすりつけて甘えてきた。

「あれ？　前は2匹いた気がするんですけど」

「去年、死んじゃったんだ。もう10歳だったからね。大型犬は寿命が短いよね」

複雑な心境になる。ディアがちょうど10歳になるからだ。

ふかふかのじゅうたんが敷かれている広いリビングに通された。大きな窓からは犬用プールが見えた。その奥にはヤシの木やハイビスカスといった熱帯の植物が南国風の景色を作っていた。

卓也が壁に飾られている写真やら絵やらを眺めていると、50歳くらいの女性がアールデコ調の装飾が施された銀のトレイにアイスティーを載せて持ってきた。

「どうぞ。冷たいものでよろしかったでしょうか」

「あ、奥さんですね。お邪魔してすみません。泉卓也です。お世話になっています」

卓也は立ち上がって挨拶をした。その女性は困ったように笑った。

「いえ、私は雇っていただいているメイドですから」

メイドさんなんて初めてだ。どう接していいのか戸惑った。

湯沢に卓也が座るよう勧められたソファは正面に庭が見える特等席だった。自分のマンションから見える薄汚れた都会の景色とは比べるべくもない。こうして湯沢の上質な生活に触れると卓也が手に入れた少しばかりの成功など比較にならないことが分かる。

「ご無沙汰してすみませんでした。今日うかがったのは、支店が閉店してしまいまして。そのご挨拶といいますか、報告といいますか」

「ああ、そうらしいね。美晴さんから聞いたよ」

美晴とは亡くなった弓池の奥さんだ。湯沢と弓池は友人だった。整体院のビジネスモデルは元々弓池が湯沢から教えてもらったものだ。したがって、卓也は投資家である弓池の会社に利益の40パーセントを払っているが、そのうちの何パーセントかがロイヤルティとして湯沢にも入っている。そういうつながりがあった。つまり、店がつぶれるということは、卓也の店から湯沢に入るロイヤルティも、ほんの少しだが、減るということだった。

「僕の努力不足ですみません」

「いやいや、いいんだよ。でも辛そうだね」

「あ、分かりますか。まだショックが残っています。いろんなことが頭の中で渦巻いて、これからどうしたらいいのか考えられません」

「裏切られたらショックだよね。で、また店舗を出そうとかって思っているの？」

「出したいんですけど、なかなか任せられる院長がいなくて」

「人に任せるのって一番難しいところだよ。でも、卓也くんは偉いよね。普通こういうときって自分のことで精一杯で、他人のことなんて気にかけていられないものでしょ。そういうところでその人の人間性って出るんだよね」

卓也は支店の閉鎖で自信をなくしていたところだったので、湯沢から褒められてとても嬉しかった。

不労所得への憧れ

　この家の中では時間がゆったりと流れていた。アイスティーはほのかに桃の香りがした。

「湯沢さんは何をされているんですか？」

「今は犬をなでているよ」

　横に寝そべっているゴールデン・レトリーバーをなでながら真顔で言った。それが冗談なのか真剣なのか分からず、卓也はどう返していいものか困ってしまった。

「仕事のほうは何をされているんですか？」

「ああ、そっちの話ね。また新しく店を出す準備をしていて、ほとんど毎日それにかかわっていることが多いね」

　卓也は湯沢がまだ働いていると聞いて少し意外に感じた。

「湯沢さんの収入はもう十分なんじゃないですか？　仕事をして働かなくても好きなことをしていられますよね？」

「まあ、自分のことだけを考えたらね。仕事は自分のためだけにするものじゃないんだよ。一緒に働いてくれている社員のため、お客さんのためにもするもの。それにね、やっぱり私はみんなとわいわいやりながら商売を拡大していくのが楽しいんだよね」

「古本の事業が好きなんですね。古本に対して何かこだわりでもあるんですか？」

「扱っているのは主に古本だけど、新刊も売っているんだよ。店長の推薦コーナーっていうのがあって、そこでは人生に役立つ本とかＤＶＤを紹介しているんだ」

そのために店のスタッフには自己啓発の本が好きな人たちを集めているそうだ。自己啓発書を読む人は、比較的優秀な人が多いという。

「そうなんですか」

「ビジネスで儲ける方法はお客さんのほしいものを提供することだけどさ、それだけでは満足できないじゃない？　相手が望むものを与えていることが、そのまま相手の幸せにつながるわけではないからさ。お客さんのほしいと思っているものをお店に揃えるのは当然だけど、少しでもその人の人生がよくなるような何かを提供して啓蒙することに、私はビジネスを続ける意義を感じるんだよ」

卓也は、さすが大きく成功している人は考えていることが違うのだな、と感心した。

「そうなんですか。ということは一生働き続けると思いますか?」

「そうだね。できれば健康なうちはずっと働いていたいね。おかげさまで、自分のしたいことをさせてもらっているから。この先も完全に仕事をしなくなるってことはないと思うな」

卓也の価値観は大きく揺さぶられた。自分が思い描いていた未来像がグラグラと崩れていく気がした。

「そうなんですね。僕は不労所得にとても憧れているんです。僕だけじゃなくて世の中のほとんどの人たちも働かないで暮らせたらどんなにいいかって思っているはずです。今の湯沢さんの言葉を聞いたらたくさんの人がびっくりすると思います」

「もちろん、働かずに入ってくる収入はあってもいいと思うよ。ビジネスだけではなく、資産を築くことは安定した成功につながるしね」

お金は今も減っている

「資産を築く、ですか。あまり考えたことがありませんでした。預金を増やすということですか？」

「それは意味ないな。ただ銀行に預けていてもどんどんお金の価値が減っていくからねえ」

「えっ！　そうなんですか？」

湯沢は卓也の反応に笑った。

「銀行の金利って恐ろしく低いでしょ。それに対して、日本の過去30年間の平均インフレ率って何パーセントだと思う？」

「1年前に比べて物価が上がった率ですよね……1パーセントくらいですか？」

「3・8パーセントなんだよ。つまりさ、1パーセントの定期に預けていると、2・8パーセントの勢いで減っていっていることになるんだよ」

「そうだったんですか。嫌なことを聞いちゃいましたね」

湯沢はテーブルの電卓をたたいた。

「銀行に100万円入れておくと、1年後には利息を入れても約97万円の価値になっているってこと。2年後には94万円くらいだね。特に景気が良くなると物価も高くなるから、お金の価値はどんどん減っていくんだよ」

「そういえば、今アイスキャンディーは１００円くらいですけど、子供のころはほとんど50円だった記憶がありますね」

「だいたい17〜18年でお金の価値は半分になる計算だね。現金や預金で持っていてもお金の価値はどんどん減っていくから、できるだけ他の証券や不動産なんかの資産に変えたほうがいいね。もし値上がり率が３・８パーセントを上回っていれば、実質その分だけ増えることになるから」

卓也はそうしたお金の運用について自分がまったく無知であることに気づかされた。

不労所得は天国への切符ではない

「でも、卓也くんはなんで不労所得がほしいわけ？」

「やっぱり働かずにのんびり暮らしたいからです。不労所得で生活できる状態にしてできるだけ早く引退し、遊んで暮らせたら幸せだと思うんです。今は彼女と会う時間もないんです。そのことでいつも喧嘩になっちゃうんです。それと、商売って

やっぱり大変ですから。裏切られることもあるし、お客さん相手だと嫌になること
も多いですからね。お金の悩みも辛いものです。正直に言いますと、支店がつぶれ
てから僕の個人的な収支は赤字なんです。今は預金を崩しながら生活している状態
です」

「ふーん、残っている本店の売上もよくないの？」

「本店のほうは大丈夫です。赤字なのは、今のマンションの家賃が高いというのも
ありますし、実は両親の家を建て替えてあげたので、そのローンも払っているから
なんです」

「そうなんだ。孝行者だね。一生の中で自分の家を建てるのだって難しいんだから、
なかなかできることじゃないよ。でもね、不労所得は天国への切符ではないんだよ。
ただ、お金の不安がなくなるというだけのこと。不安はなくなっても幸せとは関係
ないよ。ほら、人類はずっと食べられる側で、獣に襲われる不安があったでしょ。
食べられる心配がなくなったのはほんの最近のことだ。卓也君はそれを幸せだって
思ったことある？」

「全然ないですねえ」

「それに、お金が足りないっていう今の悩みもきっとなくならないだろうね。君はもっとお金が必要だと思うはずだ」

「それはなんとなく感じています。収入が増えていったときは、いろんなものを買って気分がいいんですけど、だんだんともっと高価なものが次々に見えるようになって、もっとお金が必要だなって思いました」

攻めの投資、守りの投資

「やっぱり、不労所得を実現するためには、何に投資したらいいかという情報が一番大切ですよね。情報がないと投資のしようがありません」

「卓也君ねえ、多くの人がそう言うんだよ。情報があればそれに投資して資産が築けると思っている」

「ええっ、そうじゃないんですか。では何が大切なんでしょうか」

「とりあえずは、人脈、計画、資金源の3つだろうね。情報はあとからついてくるものだね」

「人脈、計画、資金源……どれもだめですね。今は」

「でもそれ以前に、君みたいな経営者は不労所得を実現するのが難しいよ」

「ええっ、どうしてですか？」

「頭の回路が攻めのスタイルになっているんだよね。投資にもビジネスのような大きなリターンを求めるんだ。投資を1つか2つのものに集中させてしまうし、堅実な投資にはあまり興味を示さない。それでもって資産形成の計画を持ってない。私が今まで見たほとんどの経営者は、儲け話が来たらそれに乗る、という具合だ。儲かるときもあるけど、ありえないようなうまい儲け話に乗って損をすることが多いね。だから結局、不労所得を築いても不安定なものだから、何かの拍子に崩れてしまうんだね」

「確かに、ビジネスって『攻めて行け！』っていう感じがします。僕も投資はどこか賭けみたいなものだというイメージがありますね」

「ビジネスで攻めをやっている人は、投資では守りをするとバランスがいい。そのとき初めて攻めと守りが完成する」

「僕は投資では守りをするといいんですね」

「そう。まあ言うのは簡単だけど、逆のことをやるから結構難しいんだよ。きっと卓也くんは、ビジネスは面白いけど、堅実な投資はつまらないと思うはずだよ。すごく時間がかかるからね」

誘いと100万円

報告に来たはずが、思ってもみない不労所得の話を聞かせてもらえてとても勉強になった。できればもっと教えてもらいたいと思った。機会を作って遊びに来られないだろうか。自分の事業に忙しくしている湯沢に時間をとってもらうのは無理そうだが、ここはダメもとでお願いしてみることにした。

「もしよかったら、不労所得について教えてください。僕にお手伝いできることなら何でもします！」

「そんなに私から習いたいの」

「もちろんです！　ぜひお願いします！」

思わず大きな声が出てしまった。

「そうか……。君は毎月いくらの不労所得がほしい？」

「そうですね、とりあえず１００万円です」

「なるほど。では授業料は１００万円にしよう。受けるかい？」

「えっ⁉」

湯沢は卓也の反応を見てニヤニヤしていた。

「ふふふ。もっと安い金額を言っておけばよかったと思っているんだろ？　そうそう。この株に投資したらいい、みたいな情報は私からは教えないよ。情報なんて人脈ができれば後からついてくるものだからね。毎月１００万円を手に入れられるかどうかは君しだいだけど、10年後には払った授業料の元はとれるよ。どうする？」

卓也の頭の中でいろいろなことが駆け巡った。こういう大切な事柄は時間をかけて考えるべきだ。

「あの、お話ししたとおり、今赤字でお金の面で厳しいんです。すぐに払えるかどうか分からないし、お店も頭の中もグチャグチャだし。少し考えさせてもらってはだめですか」

「だめぇ。今ここで決めるんだ」

湯沢はわざと意地悪っぽく言った。卓也は手が震えるのを感じた。湯沢が不労所得を手に入れる方法を知っているのは間違いなかった。

（10年後に元は取れるという言葉はきっと本当だろう。でも自分にそれをやることができるだろうか）

不安や恐れもあるが、「やったほうがいい！」という大きな声が体の奥のほうで叫んでいた。

「お願いします。僕に不労所得を手に入れる方法を教えてください」

「分かった。始めたいときにお金を持っておいで。ただし、その前に聞きたいことがあるんだけど、君の部屋って片づいている？」

「いいえ。ひどく散らかっています。あの、湯沢さんが僕の部屋にいらっしゃるんですか。やめておいたほうが……」

「いやいや。だいたい人生が混乱している人って、部屋も散らかっているものなんだ。今の君はショックで混乱気味だから、掃除をしたほうがいいかなと思ってね」

湯沢の前ではお願いしますと意気込んで言ったものの、卓也にはまだ迷いがあった。

(不労所得について学ぶ時期なのだろうか。経営を立て直すほうに力を入れなくてはいけないのかも)

(まだ、お金を払っていないから今ならやめますって言っても間に合うよな)

(そもそも100万円って高すぎないだろうか。本当に元がとれるんだろうか)

帰り道、車を運転しながらそんなことを考えているとだんだんと憂鬱な気分になってきた。家に帰っても気持ちが固まらないもどかしさがやってきた。その苦しみから逃れるために見たくもないテレビをつけてぼーっと眺めた。そうやって逃避している自分に気づき、なおさらイライラが増してくる。

「そうだ、湯沢さんは掃除をしろって教えてくれたよな」

えいっとテレビを消し、まずはテーブルの上の片づけから始めた。前に掃除したのはいつだか思い出せない。1年くらい経っているかもしれない。掃除の範囲を床にまで広げて、散らかった物をあるべき場所に戻していく。頭の中も整理されて、気持ちが前向きになるのを感じた。

するとこれからどうするべきかが分かってきた。今のままの経済状態で、月

20万円の家賃を払い続けるのは無理だ。ここは解約して実家に戻ろう。

「ディア、仕切り直しだ。よし、これから気合を入れて学んじゃうぞ！　目指せ不労所得だ！」

ディアが驚いて顔だけを持ち上げた。しかしなんでもないことを知ると、また寝る体勢に戻ってため息をついた。

彼女に振られる

「どうしたの？　なんか最近、卓ちゃん元気なくない？」

「あ、そう？」

翌週の日曜日、先週の約束どおりに表参道のケーキ屋さんに連れてきた。店内は若い女の子がほとんどでそれ以外はみんな自分たちのようなカップルだった。

「さっきから上の空だし、何かあったんでしょ？」

「うん、まあね。実は店を1つ閉めたんだよ」

「えー、それだったら大変じゃん。大丈夫？」

卓也は美穂子が優しさを見せてくれて嬉しかった。

「だから、今はお金が厳しいんだよ。で、実家に戻るんだ。一時的にだけどね」

美穂子が同情してくれたので、正直に言った。これで理解してくれるだろうと思った。

しかし、会計で美穂子は今までと同じように払おうとはしなかった。払ってくれとも言えない。卓也が全額出すことになった。店を出て卓也は「ごめん。今度からワリカンでいいかな？」と協力を求めた。すると美穂子は口をとがらせて不満そうな表情を見せるのだった。

それからショッピングに付き合ったが、美穂子はずっと不機嫌だった。まるで卓也がそこにいないような態度だ。気まずい雰囲気はその日ずっと続いた。卓也は自分が負け犬になった惨めな気持ちになっていた。そして次の日の夜、美穂子からメールが届いた。

「私、大切にされていない気がする。もう終わりにしよう。いままでありがとう。バイバイ」

卓也は携帯を握り締めて呆然としていた。ただ、自分を受け入れてもらえなかったことが悲しかった。卓也は思いを上手く返すことができず、分かった、とだけ返事をした。

お金を失って、恋人も失ってしまった。これからもたくさんのことが自分から離れていくような気がして恐ろしくなった。

引越しと父親

心だけでなく体も元気がなくなって、毎日だるくて仕方ない。そんな中で引越しは辛い作業だった。

両親に頼んで実家の部屋を1つ空けてもらった。住み慣れたマンションの賃貸契約を解約した。

マンションに比べると実家の部屋はずっと狭い。買い集めたCDのコレクションやダイニングテーブルや飾り棚、ベッドなど持ち込めないものはネットオークションで売り払った。それでも荷物は6畳の部屋に運び込むとぎゅうぎゅうになった。

卓也がディアの夜のお散歩から戻ると、居間では父がテレビを見ながら1人で飲んでいた。母は会合か何かで夜遅いらしい。

「おお、帰ったか。卓也も一緒に一杯飲むか？」

「いや、いいよ。疲れているんだ」

今まで飲もうなどと誘われたことは数えるくらいしかなかったし、卓也も理由をつけて断っていた。33歳にもなってまだ独身のうえに、仕事も上手くいっていない。無言のうちに責められているように感じていた。

父親と接するときはなぜかいつもの自分でいられなくなる。思い返せば子供のころから父親には近づきがたい空気があり、今でも訳の分からない気まずさから父親と2人きりになることは避けていたのだった。

卓也はそのまま2階の自分の部屋に行こうとしたが、ふと気になったことを父親に聞いてみた。

「そういえば、お父さんが前に言ってた流通会社の仕事は今どうなの？」

「まあ、やってるよ。ただ人が足りない間のつなぎっていう感じだよな」

「どれくらい？」

「うん、あと半年ってところかもな」

そう言って父親は安酒をぐいっと飲んで、酒臭いため息をついた。そういえば、子供のころは父親がお酒を飲むと別人になったようで怖かったのを思い出す。

「年金ってもらえないの？」

「もらえることはもらえるよ。でもそれだけで暮らせるほどの額じゃないな」

卓也は心が重くなった。父が稼げなくなったら自分が両親を養わなければならない。この家のローンに加えてまた負担が増えるのだ。不労所得どころではない。両肩にずっしりとした重みを感じた。

生きるだけで精一杯。成功など遠い世界の幻想のようだ。

もう1人のメンター

失恋の痛手は何日も続いていた。なんとか店では院長らしく振舞っていたが、1人になるとすべてに絶望的な気持ちになるのだった。

そんな日が何日か続いたある日、店にダイエットコンサルティングを教えてくれた石田から電話がかかって来た。お茶でもどうかと誘われ、久しぶりに会うことになった。

待ち合わせをした都内のホテルのラウンジで石田はすでに待っていた。細い足を組んでタバコをふかしている。つり目であごがほっそりした顔つきはどことなく狐に似ている。

「それにしても、横領なんて災難でしたね。でもそういう問題は経営をしていれば必ず起こるものですよ。警察には届けたんですか？」

「いいえ、ことを荒立てたくないので届けていません」

「そういうときはちゃんと警察に届けないと駄目ですよ。盗み得になっちゃうし。やっぱりね、金の管理は他人に任せちゃダメですよね。金は人間を悪人に変えるんですよ。ネコババした奴は金の力にやられちゃったんでしょうね。経営者は孤独だってことを忘れちゃいけない。誰かを信用したら負けですよ。痛い思いをするだけ」

だから石田は今でも頻繁に店舗を回ってレジのお金を自分で数えているのだと言った。確かにそういうことが必要かもしれない。

「石田さんも横領されたことがあったんですか？」

「ええ、ありますよ。やっぱりビジネスパートナーにやられました。友達と輸入関係の会社を起こしてね。最初は上手くいってたんだけど、なあなあになってしまって。友達がどうやら仕入先とつるんでリベートをもらっていたみたいでね。代表印を勝手に使えるもんだから、仕入れるだけ仕入れてリベートをもらって姿をくらましてね。損害額8000万円ですよ」

「8000万円⁉」

「そう、痛かったなあ。でも根性で全額返しましたよ。銀行も手のひらを返したように冷たくなってね」

卓也は自分の数百万という損失額がちっぽけに思えた。

「全額返済って、何年かかったんですか？」

「何年だと思います？　2年ですよ。そのころちょうど携帯電話が上り調子だったから、代理店をやってね。でもほとんど寝ないで働きましたよ。コンチクショーってね。そうしたらね、年間で2億ちょっと儲かったかな。8000万なんて余裕ですよ」

「はあ、すごいですね」

石田の話を聞いていると、卓也は自分がまだちっぽけな存在で、恥ずかしくさえ感じた。

「厳しいことを言うけど、卓也君の気持ちの問題だね。緩んでいたんじゃないかな。びしっと気合を入れていれば、そういうことはきっと起こらなかったでしょう」

石田は痛いところをついてきた。確かに卓也は支店に立ち寄ることもなく、週末にデートすることばかり考えていた。

「そうなっちゃ人間おしまいですよ。いつも走ってないとダメになる」

卓也はだらしない自分を責めた。結局、すべての出来事を自分が引き起こしていたことに気づかされた。

「まったくイヤになりますね。いろいろなことを学んできたはずなのに、くだらない失敗を繰り返してしまうんですから」

卓也が落胆し、反省している姿を見て、石田は満足そうに言った。

「あなたみたいな人、好きですよ。僕たちは孤独な経営者。同じ者同士仲良くしましょうよ。今日は私のおごりで励ます会をしましょう」

石田は卓也の弱くなった心にすっと入り込んできた。

悪魔のささやき

石田が案内してくれたのはホテルの高級な鉄板焼きのレストラン。眼下には豪華な夜景がきらめいている。

石田の今の事業について尋ねると、ダイエットコンサルティングの店以外に、1年前からインターネットでいわゆる出会い系サイトを運営する会社を始めたらしい。宣伝は何十万件というアドレスにいっせいにメールを送っているといった。そんなにたくさんのアドレスをいったいどうやって集めているのだろうか。

「プログラムを稼動させて掲示板とかブログからメールアドレスを1日に8000件くらい拾うんです」

「1日に8000件も集めちゃうんですか！　すごいなあ」

ただ、サイトの運営はそれほど儲かっているわけではなく、ビジネスをパッケージにして売っていて、それが大きな儲けになっているのだと教えてくれた。つまり、出会い系サイトを運営するノウハウを提供しているのだ。

「初期投資は100万円くらいですね。それでビジネスをスタートしてもらって、後は毎月の見込み客のメールアドレスを買ってもらう。メールアドレスの収集はプログラムが勝手にやってくれるだけですから。そこがおいしいリピート商売なんです」

加盟店の数や聞いた情報を頭の中でつなぎ合わせ、ざっと石田の1ヶ月の収入を計算してみる。思わず倒れそうになった。1ヶ月でサラリーマンの年収を稼いでいる計算になる。

人に接するアナログの世界でビジネスをしている卓也には、プログラムでメールアドレスを拾うなどということがまったく分からない。ただ、とても頭のいいことをしていることだけは分かった。正直、儲かるのならやってみたいと思うのだった。

「ところで、残った店に投資してくれたのは弓池さんだったかな？　卓也君は今でもロイルヤルティをいくらか払っているんでしたっけ？」

「はい。利益の40パーセントです」

「40!?　そりゃずいぶん多いんですね。弓池さんの奥さんにでしょ？」

「正確に言うと、奥さんにではなく、奥さんが相続された弓池さんの会社にです」

「ふーん、でも亡くなってからはもちろんコンサルもしてもらっていないんですよね？　それでも月40パーセントを払い続けるっていうのはね……」

　ダイエットコンサルティングは、仕入れているダイエット商品の5パーセントが石田に流れているだけだった。それと比べたら確かに多い。

「さんざんお世話していただいた恩がありますから」

「そう？　でも人の恩なんていうのは生モノで、そんなに長続きするものじゃありませんからね。おっと失礼。言い過ぎました。しょうがないですね。そういう契約で始めたんだから」

　石田の言葉で頭の中は熱くなり、心臓の鼓動は早くなった。毎月のロイヤルティを重荷だと感じていたのに、それを感じないようにしている自分の心をまざまざと見せつけられたからだ。お世話になった師匠に対する裏切りだけはしてはいけないと思いながらも、もし利益の40パーセントを払わずに済んだらどれほどいいかと考えてしまう。

　シェフが慣れた手さばきで最後の牛肉を焼いていた。霜が降った見るからに高級な肉だ。しかし、卓也は石田の話に意識が取られ、せっかくのご馳走をあまり味わう余裕がなかった。

「卓也君はこれからの目標とかありますか？」

「ええと、不労所得を手に入れたいと思っています。資産を築いて、時間を手に入れたいなと」

「ふーん、不労所得ですか。そういうのもいいですけどね。楽すると人間が腐りますよ」

石田は眉をひそめながら言った。あまりよく思っていないようだった。

「僕は楽をしたいというより、難しいことを成し遂げたいんです。自分で働いて高収入を得るのは簡単ですが、それを自分が働かずに達成してみたいんです」

「なるほどね」

石田は卓也の言ったことはあまり聞いていないようだった。

人を信用するのはよくないこと？

「卓也君はかわいがられて育てられたんじゃないですか」

「ええ、まあ」

石田はとうとう語りだした。

「うちなんか最悪の家庭でした。親父が酒乱で、母親を殴るような最低の野郎だったんですよ。ギャンブルで金を使い込みやがって。事業で成功してはいたんだけど、よかったときはお金もあったから親父がいなくても大きな問題はなかった。でも会社が倒産してからは地獄でね。親父は蒸発しちゃって借金取りが家に押しかけてね。ドアをドンドン叩くんですよ。母親と私と妹と3人で息を殺してね。今でもドアをドンドン叩く音を聞くと心臓が止まりそうになるんです」

「今でも反応するんですか。壮絶な子供時代だったんですね」

「そんなんだから、とことん貧乏でね。母親は女手1つで子供2人育てるのに相当苦労したんじゃないかな」

「お父さんがどこにいるか知っているんですか」

「さあ。知りません。知りたいとも思いませんね」

「そんなお父さんだと恨みたくもなりますよね」

「昔はね。父親には今では感謝しているんです」

「へえ、そうなんですか。そんなお父さんを許せるなんてすごいですね」

「今はそれほどでもないですが、昔は相当稼いだんです。銀座のクラブを1軒買い占められるくらい金は使いましたしね。ここまで来れたのは父親を見返してやりたいっていう気持ち。復讐みたいなものですね」

卓也はその思いに共感するところがあった。卓也がここまで来れたのも、同じく見返したいという気持ちだったからだ。

「私はね、あまり人に話さないんですけど、10代のころからビジネスでは負けたことがありません」

卓也ははじめて石田の成功談を聞いた。10代で羽毛布団のトップセールスになった話、20代にはアメリカから健康器具の独占販売する権利を数千万円で買って日本で広め、億単位の利益を稼いだ話、そして、自動車パーツの輸入の会社で数年にわたってボロ儲けしていた話。

世の中にはすごい人がたくさんいるものだ。卓也は20代のころの石田の華々しい過去と、自分の過去とを比べて劣等感を感じていた。

「偉いって言うほどではないですよ。さんざん裏切られてきたから」

「ああ、あの8000万円の事件ですね。確かにトラウマになりますよ。僕も石田さんの気持ちが分かります。額は小さいけど横領されたことをいまだに引きずっていますから」

卓也は石田とそうした辛い体験でつながれたという嬉しさがあった。

「そういう点では卓也君とは似た者同士ですね。しかし、また次も誰かに裏切られたらもうダメだな。だから人を信じないようにしているんです。本当は信じられたらいいんだけどね」

石田をかわいそうに感じた。辛い生き方だろう。自分が信じさせてあげたいと思った。

「今は小さく稼いでいるけど、このままじゃ終わらないぞと思っているんですよ。卓也君と何か、一緒にできたらいいなあ」

「僕とですか!?」

「これでも、裏切られてからは誰かと対等の立場でビジネスをするのはやめようって決めていたんですよ。でも君とならできる気がする」

まさかそんな誘いをしてもらえるとは思っていなかった。ビジネスに関しては明らかに自分のほうが格下だ。卓也はのぼせるような嬉しさと石田にすがりたい気持ちがこみ上げてきた。

「卓也君と同じように、私も経営者候補を探しているんです。そこでちょっとしたアイディアがあるんです。一緒に稼ぎませんか？　きっとあなたの不労所得の実現にも役立ちますよ」

ウィナーの計画

石田の誘いは卓也にとって光栄なものだったが、酔った勢いの話だったのかもしれないとも思っていた。酒の席ではそんな水の泡のような約束がされるものだ。しかし、数日して石田から電話がかかってきて、例の話の相談をしましょう、と誘ってくれたのだった。

その日の夜9時にレストランで待ち合わせをした。

「石田さんに誘っていただけるなんて思ってもみなかったので嬉しいですね。どんなアイディアなんですか？」

卓也は身を乗り出して聞いた。石田と一緒にビジネスができればきっと不労所得の近道になるだろう。石田とのビジネスで資金を生み出し、湯沢に教えてもらう方法で投資をしていくのもいい。

「優秀な起業家を集めて、軍隊のような強固な組織を作りましょう。そして僕らが投資する。私たちは事業家であり投資家になるプランです」

「それはなんだかすごそうですね」

正直なところ、どんなものなのかさっぱりイメージできなかった。石田はそのやり方も分かっているようだ。

「卓也君はトップになるのにふさわしい。若き成功者としてのブランドもあるから、成功したいと考える若者が集まります。組織的に人材募集を行うんです。頭を使えば自動的に人が集まって、お金も集まる仕組みになりますよ」

卓也が持っているホームページを改造して人を募集するのだと言った。

「でも僕のホームページではそんなにたくさんは集められないと思いますよ」

今まで学んだビジネスの成功のポイントなどを簡単に書きとめた程度のサイトだ。訪問者は1日10人くらいしかいない。

「大丈夫、最初の5、6名が集まればあとはどんどん人が増えます」

ますます卓也にはその方法が思いつかなかった。石田は設計図が私の頭の中にあるから大丈夫だと話した。メールアドレスを収集してしまうプログラムのようなものなのだろうか。

「最初の5、6人だけ集めればいいんですね。それならできそうです。でも僕は、週6日は夜9時まで店なのでほとんど動けないのですが」

「ということは動けるのは週1日ですか。それは痛いなあ」

卓也は石田にこの話は無理だと言われるのではと焦った。

「あ、でも前もって言ってもらえれば、その日だけ予約を入れないようにして店を閉めることもできます！」

「多少は店の営業より優先してもらわないといけませんね。すぐに整体なんて自分でやるのがバカらしくなりますよ」

「そんなに儲かるんですか？」

「あなた次第ですけどね。卓也君は人に好かれる性質を持っている。あなたは劉備玄徳や武田信玄で、私は諸葛孔明や山本勘助といった軍師タイプです。あなたの頭脳になってあげましょう。2人で力をあわせたら強力ですよ。また後日、相談しましょう」

「すごいことになったぞ！　ヤッホー」

車を運転しながら興奮して叫んだ。心強い味方が現れた。何かすごいことが始まりそうだ。

「劉備や信玄になるのか。かっこいいなあ」

組織のトップになる。頭のいい参謀に助けられ、みんなから尊敬されるのだ。こんなにワクワクすることは久しぶりだ。石田は卓也にとって天才的なビジネスの先生だった。そして湯沢という不労所得の先生もいた。2人もメンターがいるのだ。きっと2人は自分の人生を変えてくれるだろう。

ただ、石田の言動にいくつか気になるところがあるのも確かだった。恐ろしい暗い影がいつもまとわりついているようだ。誰かを信用したら負けだという考え方は卓也には特に違和感がある。

「そうだ！　僕が人は信じてもいいっていうことを教えてあげよう」

人は悪の部分もあるけれど、善の部分もある。自分が石田の善の部分だけを見ればいいのだ。そうすれば、きっと石田も変わるだろう。この考えに胸が躍った。不思議だがビジネスに関しては石田のほうが先輩だが、心の部分に関してはまるで自分が石田のメンターになった気持ちだ。

その夜はベッドに入っても興奮は冷めなかった。

翌日は、いつもと同じ日常がやってきた。整体院でお客さんを1人ずつ相手にするのだ。

石田とホテルのラウンジで熱く話し合った時間が夢だったのではないかと思えてしまう。

(なんだかなあ……)

小さな作業を繰り返している自分にだんだんと嫌気がさしてきた。とてもつまらないことをしている気になるのだった。

2 不労所得を手に入れるために

不労所得とは？

今日は待ちに待った不労所得のレクチャーをしてもらう日。何度来ても素敵なリビングルームだ。まるでハワイにでも来たような気分になる。

「約束の受講料です。よろしくお願いします」

卓也は湯沢に帯で巻かれた１００万円の束が入った封筒を手渡した。

「はい。どうもありがとう。帯つきだと正直1枚くらい抜いても分からないよね」

「あはは、もちろん抜いていませんよ」

湯沢が分かっているよ、とわざとにやりと笑ってみせた。

「さあ、張り切って教えるよ。今日は最初だから、全体についてざっと教えよう。

用意はいいかな？」

卓也はペンとノートを開いた。そのタイトルを見た湯沢が笑った。

「成〝幸〟のカニミソノート？　面白いね」

「いつも学びや気づきをこれに書いているんです。面白い名前のほうがいいかなと思って。もう5代目なんです」

湯沢はネーミングがかなり気に入ったようだ。

「さて、不労所得って言うけども、実際は完全に労働がゼロというものはほとんど存在しないんだ。普通の仕事に比べて、労働時間の少ないものすべてを指している。〝少労働所得〟なんだね。最初に選ぶ時間、管理する手間、売るための手続きなどで時間はとられるからね」

不労所得を手に入れる方法――①ビジネス

「ここでは面倒だからまとめて不労所得と呼ぶよ。そのスタイルは2つあって、インカムゲインのタイプとキャピタルゲインのタイプだ。インカムゲインのタイプは、不動産の家賃収入を思い浮かべるのが早い。〝資産〟が君の代わりに働いてくれて、収入をもたらしてくれるんだね。一方のキャピタルゲインのタイプは、定期的に株や投資信託などを買っていって将来の値が上がった時点でそれを順次売却して毎年の収入にするもの。こちらは〝時間〟がお金を膨らましてくれる」

「そうか。不動産だけじゃなく、株を毎年買って、将来売っていくことでも不労所得になるんですね。とはいっても、値が上がるかどうかは確かではないですよね」

「まあまあ、先を急ぐ若者よ、待ちたまえ。先に具体的な不労所得の手段について話そう。大きく分けて3種類ある。それはビジネス、証券、不動産だ」

①ビジネス……利益を生み出すビジネスを作り経営を委任する。パッケージにしてフランチャイズ化して加盟店を集める。

②証券……株式、投資信託（ファンド）などの証券。値上がりによる利益と、配当による利益の2つがある。

③不動産……家賃収入。マンション・アパート・1戸建てなどを貸すことで毎月の賃料を受け取る。

「まずは〝ビジネス〟から説明しようか。ビジネスはインカムゲインのタイプになるね。君には一番なじみがあるものだろう。ビジネスで不労所得になるスタイルは大きく分けると委任、フランチャイズ、のれんわけ、紹介手数料の4つがある。今から順に説明しよう」

委任

「1つ目の〝委任〟による方法だ。ビジネスを立ち上げたばかりのときは、たいてい自分1人ですべての仕事をこなすもの。それが、ある程度軌道に乗ってきたら人を雇うようになる。経理を任せたり、営業を任せたり、教育を任せたりと自分がやっていたことを人に委任していく。君が社長で経理部長や営業部長や人事部長が生まれるわけだね。任せた分だけ自由な時間が生まれる。適切な人材が見つかれば社長の仕事も任せることができるだろう。こうして自分がいなくても経営が回るようになる。これが委任による不労所得だ。卓也くんが支店を院長に任せていたのもこのタイプと言えるね」

フランチャイズ

「そして、２つ目は〝フランチャイズ〟だ。店の名前、商品、サービス、ノウハウ、といった営業に必要なもの（フランチャイズパッケージと呼ぶ）を誰かに貸す代わりにロイヤルティ（使用料）を受け取る。他の事業者でも使えるようにすることをフランチャイズ化するという」

「僕が整体院の売上の何割かを湯沢さんに払っているのもフランチャイズなんですか？」

「いいや。スタイルだけではなく、名称までもそのまま使わせてあげるのがフランチャイズだね。ファミリーレストランみたいに、同じ名前の店がいろいろなところにあるだろう。あれは出資したオーナーがそれぞれ違うんだよ。でも君の整体院は私のところと名称が違うし、内容も少し違うね。だからフランチャイズとは違う」

のれんわけ

「私と君の関係は、３つ目の〝のれんわけ〟だね。ビジネスモデルを使わせてあげる代わりに、売上の何パーセントとか利益の何パーセントとかをロイヤルティとして払ってください、という自由な契約だ。フランチャイズほど契約がはっきりしていない。たとえばこんな場合だね。知り合いが始めたビジネスがとても上手く行っている。その人に仕入先やコツを教えてもらって自分もそのビジネスをやらせてもらう約束をする。その代わりに謝礼を払うわけだ。払い方は商売を始めるときに何百万円、何千万円を払う場合もあるし、営業が始まってから売上の何パーセントや利益の何パーセントのロイヤルティで払う場合もある。不労所得になる場合は、後のほうだね」

「後にロイヤルティを払ってもらう方法だとノウハウだけ学んで、ロイヤルティは払わないっていう人が出てきそうですね」

「確かにいるね。いつでもそういう道理から外れた人はいるものだよ。そういうリスクがあるということは知っておいたほうがいいね」

紹介手数料

「4つ目は紹介手数料タイプだ。売上に応じた手数料や紹介料の支払いが自動化されているという点で不労所得になる。ネットワークビジネスとアフィリエイトが代表的なものだね」

●ネットワークビジネス……マルチレベルマーケティング（ＭＬＭ）を採用したビジネス。構築した販売組織の売上に応じて、販売手数料と販売人材のスカウトと教育の報酬を継続的に得ることができる。

●アフィリエイト……インターネットで行われる紹介販売の手数料。ネットワークビジネスと同じように販売組織の売上に応じて継続的に手数料を得られるシステムを採用する場合もある。

不労所得を手に入れる方法――②証券

次に湯沢は、証券について説明してくれた。

「証券というのは株式、投資信託（ファンド）、先物取引なんかをひっくるめて言っているんだけど、とても種類が多くて全部は説明できないんだ。だから不労所得に関係する投資信託と株式だけを説明しておこう。株式も投資信託も、毎月お金が入ってくるインカムゲインのタイプの不労所得になる。インカムゲインのタイプになるのは、株式には配当金、投資信託には分配金というシステムがあるからなんだ。株式の配当金というのは、企業の利益の一部を出資者に払うお金のこと。税制上は企業にメリットがないから、出資した金額に対してごくわずかしか見返りがないのが普通だね。だから、株式の配当金は不労所得の方法とは考えられない」

「普通は配当ってどれくらいもらえるものなんですか？」

「さあ、詳しくは知らないなあ。ま、低いことは確かだね」

卓也はお金を払って教えてもらうのにそれはないだろうと少し不満に思った。

「投資信託で、株式の配当金にあたるものが分配金と呼ばれる。株式よりもこっちのほうがずっと多い割合で払われる」

「分配と配当、呼び方が違うんですね。……すみません、根本的なことを聞いちゃうんですけど、株と投資信託って何が違うんですか？」

「投資信託は、株などのまとまりだと思えばいい。君が投資信託を買うと、そのお金を君に代わってプロが運用してくれるんだ」

「運用のプロがいろいろな株を売買して利益を出してくれるんですね。株式ってどれを買っていいのか選ぶのが難しそうだから、投資信託は助かりますね。でもどれくらいあるんですか？」

「日本だと5000って聞いたよ。どんどん増えているね」

「そ、そんなにあるんですか!?　うわー、投資信託を選ぶのは難しいんですね」

「そう。勉強が必要なんだ。だから、何もしなくていい完全な不労所得はないっていうことなのさ。でもね、どの投資信託がいいのか選べないときの裏技がある。それがファンド・オブ・ファンズだよ。最適な投資信託を選んで投資してくれる投資信託があるんだ」

「へえ、投資信託に投資する投資信託があるんですか!?　最高じゃないですか！僕はそれがいいです」

「でも、2重に投資しているために手数料が2重にかかる、という点はデメリットだね」

「そうか、下請けがさらに下請けに仕事を回すようにマージンが余計に乗せられちゃうんですね。上手くいかないんですね。投資信託っていくらから始められるんですか？」

「基本的には1口が1万円程度からだけど、100万円単位っていうのもある。いろいろだね」

不労所得を手に入れる方法――③不動産

5代目〝成幸のカニミソ〟のページが見る見る埋まっていく。

最後は不動産だ。

「次は不動産について簡単に説明しよう。簡単に言えば大家さんになることだ。家とかマンションなんかの不動産を購入して誰かに貸すんだね。家賃収入を目的にした場合は、利回りは都内近郊で8パーセント前後。全国的だと10〜12パーセントくらいだ。総合して10パーセントと考えておけばいいかな」

「あ、あのう……〝利回りが8パーセント〟ってどういう意味なんですか？」

「ああ、投資したお金に対してどれくらいのお金を生むかということ。たとえば、物件の価格が100万円で、利回りが8パーセントだとすると毎年8万円のお金が入ってくるということ」

専門用語が多くてついていくのに必死だ。

「家賃をもらえるのって、前から憧れなんです」

「それには、いい物件を探せるかどうかにすべてかかっているといってもいい。入居率が低ければ受け取る家賃が少なくなる。その地域の人口の推移も知っておかないといけない。投資信託と違うのは同じ物件は1つもないっていうことだ。目の前にある物件が優良物件かどうかを見極めるには、多くの物件を見て養われた目を持っていることが不可欠だね」

「養われた目……自信がないですねえ」

「そういう場合は、不動産投資アドバイザーの力を借りるという手があるよ。これは、と思う物件があったとするでしょ。それを購入する前に目の肥えたプロフェッショナルに本当に買いの物件なのかを見てもらうんだ。そういうコンサルティングサービスを提供している人は結構いる。アドバイザーを探す一番の方法は仲間の投資家に紹介してもらうことだね。でも、完全に言いなりになるのではなく、自分でもちゃんと投資に値する物件かどうかを見る目をもっていないといけないね」

不労所得を手に入れる方法――④その他

湯沢はビジネス、証券、不動産の他にも不労所得を生み出す3つのものを説明してくれた。

●著作権使用料……本、音楽、映画など著作権を設定したものの使用料。

●特許使用料……発明の使用料。

●貸付金の利子……お金を貸したときに上乗せして返してもらう利息のこと。利率は日本では利息制限法によって、元本が10万円未満の場合は年20パーセント、10万以上100万未満の場合は年18パーセント、100万以上の場合は年15パーセントが上限とされている。

「著作権や特許は、知恵やセンスの結晶だからね、不動産のように元手が掛からずに収入を生み出すことができるね」

「お金を貸した利子も不労所得なんですね」

「ある意味、一番楽だけど、回収が難しいんだよね。でも不労所得の方法であることは確かだね」

「こんなにたくさんの方法があるんですね。覚えられるかな」

「全部を覚える必要はないよ。私もよく分からないもののほうが多いし」

「そうなんですか。ちょっと安心しました。この中でどれが一番いいんでしょうかね?」

「一番はないんだよ。自分に合ったものを選ぶんだ」

自営業者の投資の心得

「投資の方法を選ぶときに自営業者にとって大切なことがある。それは、本業に支障が出ないようにするということだ。心の状態って売上げに大きく影響するだろう? 投資での痛手がそのまま本業の痛手にならないようにしないとね。だから、できるだけ手間がかからないものを選んだほうがいい。できれば、投資したことを数年間忘れていても大丈夫なものがいい。その間にどんどんお金を生んでいるとか、何倍かに増えているのが望ましい」

「それ、一番楽でいいですね」

「ところでさ、卓也君は保険に入っているの？」

「いいえ。入っていませんが。入らないと、とは思っているんですけど」

「それはまずいね。自営業者は自分が働けなくなったら収入が途絶えてしまう。不労所得のことを考える前にまず保険に入ったほうがいいよ。とにかく家族がいるのに保険に入っていない状態はだめ。掛け捨てでいいから。月数千円で入れるよ」

不労所得のための10のルール

最後に湯沢は不労所得を手に入れるために大切なルールを話してくれた。これは不労所得を得るためには、当たり前のように知っておく原則だと教えてくれた。

①理由を持つ

「資産形成は長い道のりだ。10年、20年というスパンで考えたほうがいい。実際やってみると、生活をしながら、お金を運用に回していくというのはなかなか大変だということが分かるだろう。消費の誘惑が多いからね。そこで大切なのがなぜ自分は不労所得を手に入れるのか、という理由をはっきりさせておくことなんだ。そのためには不労所得を手に入れた未来を思い描くといいだろう。それがモチベーションとなる」

②計画する

「旅行と一緒で、出発の前には計画すること。もちろん計画どおりにいかないこともあるけど、その場合はかならず計画を変更すること。どんなときも計画なしにはやってはいけない。計画のない投資はどうしてもギャンブルになってしまうからだ。そして、計画は心に安心と平和をもたらしてくれる。もし計画がないなら、自分より遅れている人に会うと優越感を感じ、進んでいる人に会うと焦って劣等感で不安になるだろう。常に自分で決めた計画をマイペースに実行していけばいいんだよ」

③投資が先で消費が後

「人生で財産を築いた人たちは先に投資をしたんだ。彼らは手にした収入のうち、最初に毎月決まった額を投資に回してから残りを消費した。その一方、それ以外の財産を築けない人たちは、使ってから残りを貯めようと思っている。消費して残ったら投資に回そうと考えているんだ。ところが、今の世の中は果てしなく物欲を刺激してくる。今よりもいいものをどんどん手に入れたいと思わせるような魅力的な商品やサービスが待ち構えている。いくら収入があっても足りないと感じるだろう。資産を形成したいなら、先に投資をする習慣を身につけるといいよ」

④最大効果の投資

「最大の効果がある投資は自分自身への教育だ。君のような独身者なら、今から最初の3年は将来得たい1ヶ月分の不労所得を勉強のために毎年使うといい。セミナーや書籍やプログラムにお金を使うこと。いきなり実行するのではなく、成功している人の考え方を学ぶために使うんだ。そうすれば、その分だけ失敗を減らし、早くゴールに近づく。君の場合は今年の目標はクリアしたね」

⑤資金源を確保する

「資産を築くには元手となる収入が必要だ。ところが多くの人は収入を増やす努力をしないで、お金を何倍にもしてくれる夢のような儲け話を探し回っている。特に不労所得を目指す人には仕事をなおざりにしてしまう人が多いんだよ。まずは、本業での収入を増やすための努力をするんだ」

⑥リスクとリターンは比例する

「リスク（危険）とリターン（報酬）はペアになっている。リスクの小さいものほどリターンは少なく、リターンの多いものほどリスクは大きく不安定だ。ローリスクでハイリターンというものは存在しないんだ。でも、ハイリスクでローリターンというものはあるけどね。リスクとリターンは比例するという法則は考えれば当たり前だけど、特別な儲け話を教えてもらうとついこれを忘れてしまう」

⑦リスクを分散する

「投資の世界には『卵は1つのかごに盛るな』という格言がある。不労所得にも当

てはまる。できるだけ複数の不労所得の源泉を作ることがリスクを減らす方法にな
る。たとえば、リスクとリターンの関係でも分かるように、ビジネスを委任していっ
て不労所得を得られたとしても、ビジネスはリスクが大きく潰れてしまう可能性が
高い。だからビジネスだけではなくて、リターンは少ないけどリスクも小さい証券
や不動産に投資をして、そこからも不労所得が入ってくるようにしたほうがいいん
だ」

⑧レバレッジを使う

「レバレッジとは〝てこ〟という意味。他人のお金とマンパワーを使って儲けを大
きくすること。他人のお金とは借入金。マンパワーとは人を雇うこと。短期で資産
を築いた人々の多くがこのレバレッジを活用したんだ」

湯沢は例を出して説明してくれた。

「たとえばね、整体院を出すのに400万円かかるとするね。毎年100万円ずつ
4年かけて貯めて5年目に店を開く人と、最初に銀行から400万円を借りてすぐ
に開店する人がいたとする。10年後にはどちらが多く稼いでいるかな？」

「きっと銀行から借りたほうでしょうね。4年間営業したら相当な利益が得られますから」

「そういうこと。同じように、自分1人でやるよりも人を雇ったほうが儲けは大きくなる」

⑨複利の力を使う

「複利の力こそが資産を築く魔法の力だ。複利を簡単に説明すると、銀行にお金を預ければ利子がつくけど、その利子は同じ口座に振り込まれるから翌年は利子にも利子がつくことになる。こうすると雪だるま式にお金が増えていく。つまり、時間がお金を増やしてくれるんだ」

正直、銀行の例を聞いても実際の銀行はあまりに利率が低すぎるのでお金が増えるというのはピンとこなかった。湯沢は自分で体験しないと分からないんだよね、と残念そうに言った。また次回ゆっくり説明してくれるらしい。

⑩人脈を築く

「生きた情報は人脈から得られるもの。人脈には成功者と仲間とアドバイザーの3つがある。すでに不労所得を実現している成功者の体験談と知恵ほど役立つものはないだろう。継続的に不労所得を手にしている人はとても少ないから、探すのは難しいところだけどね。仲間は情報を共有し合えるし勇気づけられる。仲間はインターネットやセミナーで簡単に見つかるだろう。そして専門的な知識を持ったアドバイザーと知り合えたならラッキーだね。質問すれば分かりやすく要点を説明してくれる。本には書かれていない情報を教えてもらえることもある」

湯沢は次回までに宿題をしてくるようにと指示した。少額でもいいから株式に投資して体験してみること。卓也には初めての体験だったのでとても難しく感じた。湯沢は実際にやってみて、どんなものなのかを体験してみることが大切なのだと言った。

成功者からの宿題

家に帰ってから卓也は2つのことをした。

まず生命保険に入った。死亡時の遺族保障は低めのプランにした。結婚したら高くすればいいだろう。

もう1つは、インターネットで株の取引をすることだ。「オンライントレード」で検索したなかから、1つを選び登録した。10日ほどで口座が開設され、取引可能となった。

どれに投資するか悩む。分からないことだらけで、用語や選び方などをインターネットで調べながら3日ほど悩み続けた。卓也の好きな自動車会社の株に1万円ほど投資してみることにした。

格闘しているうちにだんだんと言葉の意味や仕組みが分かってきた。

投資を始めて、今までまったく興味がなかった株価の情報を気にするようになった。まず、朝店に来るとパソコンを立ち上げて相場を確認する。そして、お昼休みにも株式のサイトを開いて移り変わる株価を見つめていた。テレビの番組も経済のニュースが始まると注意を向けるようになった。

「なるほど、湯沢さんがやってみろという理由はこういうことだったんだな」

新しいことに挑戦するのはとても気分がいいものだ。

3 ウィナー

具体的な計画

いつもよりも早く夕方6時に店を閉めた卓也は、石田と今後のことを話し合うために前に会ったホテルに来ていた。

石田は前よりも目つきが生き生きとしていた。

「今日は例の計画の全体像を説明します。私たちがやることはまず組織を作ることです。強力な組織さえあればビジネスは成功するでしょ？」

「はあ」

卓也はあいまいにうなずいた。

「ビジネスで一番問題になるのは人の問題です。アホな経営者は情報だと思っている。いい儲け話さえあれば金が儲かると。もっと頭の悪い奴は金だと思っていますけどね」

湯沢も情報よりも人材が大切だと言っていた。2人が同じことを言うと、それが正しいのだと思えて安心できた。しかし、石田が誰かを笑い物にするたびに卓也は自分もその誰かと共通点があるかもしれないとドキドキするのだった。

「強固な人材の集合体さえ作れば、自然と金や情報なんて集まるものです」

頭のいい石田の言葉は要約されているので、卓也には理解に時間がかかった。石田はお構いなしにどんどん話を進めていった。卓也はなんだか自分の頭の悪さがいやになった。

「では、これからたくさんの人に会うんですね」

「でも卓也君は会わないでください」

「僕は会わなくていいんですか？」

「会ったらダメです。あなたは〝なかなか会えない人物〟なんです。私が会いますから」

計画の姿も計画が成功する理由もつかめない。整体院で行うパートさんの採用面接のようにたくさんの人に会うのだろうか。こうなったら石田に任せようと決めた。計画は卓也が理解をするより先にスタートすることになった。

「まずは組織の名前を考えましょう」

いくつか候補を出したが、最終的に石田が提案した「ウィナー」に決まった。〝勝利者〟とはいかにもありふれているが、かえって覚えやすくていいのかもしれない。

最初のメンバー集めは卓也のホームページで告知することになった。

「文面は厳しく書いてください。なんとなく興味があるだけの人は申し込むことがないようにしてください」

石田の注文に合わせてその場で卓也が簡単に文章を考えた。

「成功を目指す人の組織『Ｗｉｎｎｅｒ（ウィナー）』が発足します。

絶対に成功するという強い意識を持った人材だけで構成する最強のチームです。

圧倒的な収入と最高の人生を手に入れたい。人生で勝利したい。人生の敗者になることを受け入れない。そんな熱い思いの人だけご参加ください。ウィナー代表　泉卓也」

石田は卓也の文章を褒めた。

「えっ、本当にこんなのでいいんですか？　人が集まるとは思えないんですが」

「いや、これでいいんです。このくらいで手を挙げる人じゃないと一緒に戦えませんから」

石田は自信満々だ。

「お金は取るんですか」

「もちろん。入会金として8万円くらいでいいでしょう。でも書かなくていいです。会ってから説明します。彼らの資金を運用して私たちは儲けを大きくし、そして彼らにも還元してやるんですよ、ビジネスってそういうものでしょ？」

なるほど。石田はレバレッジを使おうとしているのだ。湯沢に教わった不労所得のルールの8番目、他人のお金とマンパワーを使って儲けを大きくするというルールだ。それに気づくと鳥肌が立った。

卓也は石田に投資をしているのかを聞いてみた。すると、ビジネスが上手くいっているので、投資をする必要を感じたことがないと答えた。やはり湯沢の言ったとおりだ。ビジネスと投資は別の世界なのだ。ルールの7番目のリスクの分散について教えてあげようかと思ったが、まだ教えるほど自信がないのでやめておいた。

思いがけぬ反応

次の日、卓也がパソコンで株の相場をチェックすると、買った銘柄がじわじわと値上がりしていた。気を良くした卓也は他の株式も追加で10万円ほど買うことにした。支店の損失分を株でまかなえるかもしれない、と夢が膨らんだ。

その後、石田と考えた文章を確信がもてないままホームページに載せ、メールマガジンでも配信した。

すると驚いたことに次から次へと返信がきて、その人数は13人にもなった。石田の才能には驚かされる。

応募のメールのほとんどがチャンスを感じた、ぜひ興味があるので会ってほしいという内容だったが、2通だけは批判的なメールだった。あまりにも疑わしい、いったいなんの勧誘なのだと疑ってかかるような内容だ。卓也はそれを読んでとても嫌な気持ちになった。どう対処するべきか判断がつかないので石田に報告することにした。

石田が今後のことで打ち合わせもかねて整体院にまで来てくれることになった。その行動の早さに感心する。仕事ができる人はみなスピードが速いものだ。

石田がやってきたのはその日の営業を終えた夜9時すぎ。石田が近くに来ると服にしみこんだタバコの煙の臭いがした。

卓也はなんとなく整体師の自分を見られるのを恥ずかしいと感じた。

「お疲れさま。卓也君のおかげですよ。このところね、やる気に燃えていて。何年ぶりかな、こんな気分」

「僕もすごくやる気になっています」

卓也は石田に感謝されて嬉しかったが、なんとなく乗り切れていない自分も感じていた。それはまだ計画が見えていないからだろう。

「5、6人どころか、13人も来ちゃいましたよ」

「だから言ったでしょう？」と石田は子供のような表情をして言った。

卓也は数名が疑わしく思っているようだと、メールをプリントアウトしたものを見せた。

「想定内ですからこんな奴らは放っておきましょう」

さっと目を通しただけで折りたたんでしまった。まったく気にしていない様子だ。

「ところで、これからのメンバー集めですが、費用をかけずに無限にメンバーが集まる方法を使います」

「そんなことができるんですか!?」

石田は卓也の反応に満足してうなずく。不敵な笑みを浮かべている。

「入会するときの約束として、誰かもう1人を誘ってくることにすればいい。ウィナーに入会して1ヶ月以内に誰か友人を誘うというルールにしましょう。もし誘えなければ入会は取り消される。一緒に成功したい仲間です。仲間を見つけられないような奴にビジネスが成功できますか?」

「うん……確かに無理ですね。仲間になるくらいの人間関係を築けないと起業してビジネスをするのは難しいと思います」

「その課題を通して人を説得して動かす能力を学べるわけです」

「なるほど、トレーニングも兼ねているんですね。それはすごいですね。でも、もし1ヶ月以内に誘えなかったらどうなるんですか?」

「誰も誘えないような奴が起業して成功すると思いますか？」

石田は質問を質問で切り返すことが多い。卓也はバカにされているような気分になったが、それよりも石田をイライラさせてしまったことに罪悪感を持った。

「もちろん、無理ですね。上手くいったらすごいことになりそうですね」

「たぶん、今卓也君が想像している以上のものになります。あ、それと前に言ったように最初の面接は私がやりますよ。それで合格した人だけを卓也君が面接してやってください。最初のメンバーが決まったら、今度は彼らに新しく入ってくる人の面接をやらせます。次に私がやって、卓也君はいつも最後にする。希望者が入会するまでに3、4人の面接を受けるようなシステムがいいでしょう」

「どうしてそんなに面接するんですか？」

「組織作りです。徹底的にウィナーに対する忠誠心を植えつけます。最初の面接官は次に担当する面接官を持ち上げるんです。『次の人はウィナーでとても偉い人です』と。そしてこの2番目の面接官もまた同じように次の3番目の面接官を褒めて持ち上げる。3番目は私ですけどね。最後に私は4番目の面接官である卓也君を最高に褒めちぎります」

「へえ。ということは面接された人は緊張して僕を偉い人だなと思うんじゃないですか」

「そんなもんじゃないです。最終的に卓也君を『神様だ』と思うくらいになりますよ」

ちょっと危険ないたずらの相談をしているときのようなドキドキと不安が混じった気分になっていた。地道に1人ひとりのお客さんに接してきた卓也にはまだ想像ができない。しかし、きっとビジネスで大儲けしている人たちというのは、こうやってたくさんの人を巻き込んで事業を立ち上げるのだろうと思った。

石田が帰ったときにはすでに深夜2時を回っていた。

「うー、痛いなあ。それにしても疲れた」

首の後ろの筋肉がゴリゴリと硬くなっている。石田と話すととても緊張する。

今回はあまりに急いで決断していたのではないだろうか。不安になってきた。改めて考えてみるとよく分からないことが多すぎた。ただ、最初に出資するわけではないので経済的な損失はないのは間違いない。

計画はもうやめられないところまで進んでいた。石田による面接は数日後に行われるのだった。もしやめるとしたらどう言えばいいのだろう。どうしたって激怒させるのは目に見えていた。それだけは避けたい。

その翌日、卓也は整体院で施術の合間にパソコンで株価をチェックしていた。午前11時に最初に買った株が突然700円値上がったので売ることにした。1回の手数料は500円なので200円の儲けということになるが、生まれて初めて株で儲けたのだ。

「やった!! 株って本当に儲かるんだ」

今回は1万円しか投資していなかったが、もし10万円だったら7000円の儲けだ。100万円なら7万円になる。何か買いの銘柄はないかとモニターとにらめっこをした。

初めてのウィナーの面接が行われる日がやってきた。午後になると卓也は時計を何度も見ていた。いったいどんな話をしているのだろうか。8万円も入会金を払って入会する人なんて本当にいるのだろうか。

石田から電話があった。面接の報告だ。

「3人を面接しましたよ。2人は目を輝かせて食いついてきました。どうしても入りたいって言っています」

「本当ですかっ!? やったあ！」

石田の手前、そうは言ってみたもののいまだに信じられない気持ちだった。

明日、石田と一緒に2人の最終面接をすることになった。株もウィナーもいい調子だ。その日はうきうきした気分で過ごすことができた。

巧みな話術

「こちらが団体の代表、成功者の泉さんです」

石田が入会希望者の男性に紹介した。成功者などと紹介されてこそばゆい。それに団体といってもまだメンバーは誰もいないのだ。

「小松と申します。現在25歳です。よろしくお願いします！」

両手を体の横にぴたっとつけて、勢いよく頭を下げた。なかなか愛嬌のある顔立ちだ。目は二重、眉毛はきれいなへの字だ。上唇がくちばしのように前に出ている。

緊張して口をきゅっと結んでいるのでアヒルを連想させた。身長は170センチの卓也よりちょっと低いくらいだ。

「先日、石田さんからウィナーのお話を伺って、ぜひ入れていただきたいと思いました。よろしくお願いします！」

「今は会社にお勤めなの？」

「はい。でも、ウィナーに人生を賭けているので、もう会社には辞表を出してきました」

卓也は驚いた。石田は一体どんな話をしてモチベーションを高めたのだろう。石田が思い出したように話を振る。

「そういえば、小松君、成功したらどうしたいんだっけ？」

「あ、僕はですね、将来はハーレムを作りたいんです。男の夢ですよ。女とやりまくりたいです！　石田さんに自分に正直になれと教わりまして……」

それを聞いて卓也は面食らってしまった。もちろん同じ男としてそういう欲望はあるが、本当に実行したらいろいろな問題が起こりそうだということくらい分かる。こんな人物を入れてしまって大丈夫なのだろうか。そんな不安を抑えこんで、きっと自分が堅苦しく考えすぎなのだろう、成功を目指す理由は人それぞれあっていいはずだ、と考えることにした。今回の面接はパートとして雇うのとは違う。お金を出すのは向こうだ。お金を払ってくれるということは、お客さんと言えなくもない。

卓也は小松に合格を告げた。最初から石田と打ち合わせて合格が決まっていたのだが。

「ありがとうございます！　嬉しいです」

喜びをかみしめている小松に石田が言う。

「小松君、では入会金の8万だけどどうする？」

「はい、持ってきています」と言って、小松はかばんから封筒を取り出した。

「お！　偉いねぇ」

石田は受け取り、周りの目を気にせずに中のお金を慣れた様子で数える。

「では昨日も話しておいたように、これは仮の合格。誰かを1人誘ってくること。その人が仮合格した時点で正式な合格になるから。成功したいっていう人が何人かいるって言っていたよな？」

「ええ、2、3人います」

「変な奴を連れてくるなよ。一緒に成功したい仲間だけ集めるんだぞ」

「はい!」

勢いよく立ち上がった小松と握手をした。興奮のあまり小松は痛いほど力を入れてきた。顔を紅潮させて何度も振り返ってはペコペコ頭を下げながら立ち去った。

石田と小松の間には親分と子分のような強いつながりができているようだった。

卓也はどこか自分だけ取り残された気分だった。

「すごいですね。いったいどんなふうに話したらあんなやる気になるんですか?」

「人は今の自分の生き方ではこの先上手くいかないってことをずばりと言われると、ものすごく不安になります。彼の場合、金持ちになりたいと思っていながら何もしていなかった。そこを指摘すると、いいチャンスがあれば行動するとか言い訳をしたもんだから、『言い訳をするような奴は必要ない。目障りだ、帰れ』と言ってやったんです。そうしたら驚いた顔をしてね。そんなこと言われるのは初めてだったんでしょうね。急に態度が変わって、ぜひ入れてください、ですよ」

石田が巧みに相手の心理を操る技を心得ていることに卓也は頼もしさと同時に恐ろしさも感じた。

卓也のファン

2人目は見るからに快活そうな女性だった。小柄で150センチちょっとくらいだろうか。170センチの卓也と並ぶと肩くらいしかない。ストライプのシャツにきりっとした紺のパンツスーツが似合っている。

「長谷川江美と申します。よろしくお願いします。今の会社の名刺しかありませんが」

名刺には有名な人材派遣会社の人材部と書かれている。滑舌がよく、声も張っていて聞き取りやすい。整体院のダイエットコンサルティングの担当になってほしいタイプだ。目が大きく驚いているように見える。瞳はやや薄い茶色。カラーコンタクトではなく自分の眼だという。きれいなおでこをしていたが、コンプレックスに思っているのか無理に前髪で隠そうとしていた。鼻と唇の間が狭く、丸顔のために28歳という年齢よりも年下に見える。笑うと右側のほほにだけエクボが現れた。

卓也が入会を希望している理由を尋ねると長谷川は顔を輝かせて語った。

「泉さんのホームページを拝見していまして、素晴らしいことを書かれているなって尊敬していたんです。一度会ってみたいと思っていたらちょうど募集があって。

いいタイミングでした」

　卓也は女性に会ってみたかったと言われて、ついニヤけそうになるのを抑えなければならなかった。そんなの成功者らしくない。長谷川は都会的で洗練されている印象だが、実家は九州で小さな文房具店をしているらしい。学生のときからずっと東京で暮らしているので訛りはないが、帰って友達と話すときは方言になるといった。

　打ち合わせどおりに合格を告げると嬉しそうにした。

　明るい長谷川が帰り、石田と卓也だけになったテーブルは急に静かになってしまった。

「卓也君のファンですね。いいなあ」

　石田が冷やかした。

　2人でコーヒーを飲んで一息ついているとテーブルに置いてあった携帯が鳴る。

「もしもし、ああ、小松君か。うんうん、いいよ。では明日の夜7時にホテルのラウンジで」

　小松がさっそく友達の約束を取ったようだ。

会計は石田が小松の8万円から支払った。その後、夕飯を石田に誘われてホテルに入っている中華レストランで食事をした。それも経費として払った。こんなふうに入会金をどんどん使ってしまっていいものだろうかという考えがよぎったが、卓也は石田のやり方に従うことにした。

翌日の小松の友人の面接も上手くいったようで、また卓也が最終面接をすることになった。

小松が、連れてきた友人に対して偉そうな態度をしているのに驚いた。自分のほうがこのウィナーに詳しい、先に認められた人間なんだという優越感が見え隠れしていた。石田や卓也に見せる謙虚にへりくだった態度とは正反対だ。嫌な気分がする。

簡単な質問をいくつかして、合格を告げるとその友人は感動して泣きだしそうなほどだった。これによって小松は正式なウィナーのメンバーになった。

「君がウィナーの最初のメンバーだ。おめでとう」

石田が祝福すると、小松も顔を真っ赤にしてありがとうございますと何度も頭を下げた。

2人を見送った後、石田はタバコに火をつけてソファに埋もれるようにして休んだ。

「卓也君、私たちは人を感動させる事業をしているんですよ」

確かにその言葉は間違ってはいなかった。石田は本当に満足そうだった。人が増えていく現実に卓也は感心し、石田を尊敬せずにはいられなかった。

ブリリアント

「飲みに行きましょう。六本木にいい店を知っているんです」

面接を終えて夜8時にホテルを出ると石田が誘った。2人はタクシーで移動する。目的地に近づくにしたがって窓から見える夜の街並みはギラギラとまぶしい光が増えていった。

「さあ、着きました。あのブリリアントっていう店です。私の彼女がいるんです」

タクシーから降りた石田が雑居ビルの5階を指差した。ブリリアントと書かれた紫の看板が見える。他の階にはクラブやらキャバクラなどのピンクや赤の派手な看板が並んでいる。石田は確か結婚しているはずだ。彼女がいるというのはきっと冗談だろうと思った。

エレベーターに乗って入った店の中は、タバコの煙に混じって香水の匂いが漂う。タバコを吸わない卓也は咳き込みそうになった。女の子が隣に座り、接待をしてくれる店だった。

（こういうところって、ちょっと苦手だな）

店長が石田の姿を見つけて満面の笑顔で近づいてきた。石田は常連客らしい。

「こちら泉さん。今度立ち上げたビジネスの代表だから、失礼のないようにして」

石田の紹介が効いたのか、卓也は今までに経験したことのないほどのもてなしを受けた。店で人気の女の子たちが石田と卓也にそれぞれ1人ずつついた。

「このコ、彼女です」

石田は笑って隣の20歳そこそこの女の子の肩を抱き寄せた。2人の女の子は自慢話を聞きだすのが上手だった。卓也が話したいところを上手に質問してくれた。そして、何を言っても驚いて感心してくれるので、卓也は自分でも驚くほど語っていた。

アルコールを飲み、自慢話をして、すっかりいい気分になっていた。石田とも冗談を言い合って、恋人に振られた悲しみはすっかりどこかに消えていた。

「成功者は遊びも知らないといけない。私が卓也君に、遊びを教えてあげますよ」

別れ際、女の子たちに見送られながら酔っ払った石田と卓也は堅く握手をした。卓也は石田のような人と一緒にビジネスができることを心からありがたく思った。

ウィナーの成長

ウィナーは卓也の予想以上のスピードで形になっていった。1ヶ月目で8人が正式なメンバーとなり、その他に4人が仮合格の段階にいる。なかでも小松は精力的に活動して3人の友人を連れてきた。

正式なメンバーが増えたために、予定していたとおり面接を4段階に増やした。1次面接、2次面接をメンバーが行い、石田は3次面接を、卓也は最終の4次面接を担当した。面接官は名誉な仕事とされ、みな喜んでやった。

4段階にしてから石田が予告したとおりのことが起こった。最終面接で卓也と会った入会希望者の数人は、成功者と会った緊張で震えているのだ。正面から卓也と目を合わすこともできない人もいた。そんなふうに偉い人間だと思われ、敬服されるのはなかなか愉快で気分が良いものだった。

面接やミーティングの後は、石田と六本木のブリリアントに飲みに行くのが習慣のようになった。

お金を使って楽しみ、たくさんの人に囲まれていると、自分はとても価値があって偉い人間なのだと思えるのだった。

ウィナーをこうしよう、将来はこんなこともしてみたい。2人の夢はどんどん大きくなり、夢を語り合っていると素晴らしい気持ちになった。この瞬間は失恋や支店の失敗の痛みを忘れていた。

これだけ会う機会を頻繁に重ねていると石田とのつながりは濃くなる。プライベートなことも話すようになった。石田は今までに離婚を経験していた。今も結婚しているが、ほぼ別居状態だと教えてくれた。ビジネスは天才でも夫婦関係まで上手くいくわけではないらしい。そして、紹介された店の彼女というのは、本当に付き合っている恋人だということが分かって、卓也は驚かされた。

ウィナーについては石田が会計の一切を担当してくれた。細かい数字の計算が苦手な卓也にはありがたい。石田に任せていれば大丈夫だ。

「卓也君、君と出会えてよかった。こんなに人を信じたことはなかったよ。ありがとう」

石田はろれつが回らないほど酔うといつも卓也と握手をしてそう言った。卓也は嬉しく誇らしいものの、どこか切ない気持ちになるのだった。

翌月も入会のペースは落ちずに、その後もどんどん参加者が増えていった。最終的に合計で40人になった。入会金だけで320万円が集まった。驚くべき数字だ。石田の思惑どおりに進んでいた。募集は定員に達したために一旦ストップされた。

卓也はウィナーの活動をしているときには、生きている喜びと興奮に包まれていた。この先には輝かしい成功が待っているのだ。毎日でも石田やウィナーのメンバーに会いたいと思うようになっていた。もっとウィナーに時間を注ぐために、店の閉店時間を午後6時に早めた。

ウィナーのほうに意識が向かうのとは反対に、本業である整体への興味は薄れていった。前にも増して店で整体師としてお客さんの相手をしているときが憂鬱でたまらない。まるで奴隷のような気持ちになることさえあった。

（湯沢さんも最大の収入源に力を入れることが不労所得の原則の1つだと教えてくれたんだよな）

卓也はウィナーが最大の収入源になればいいのだ、と解釈した。

また、ウィナーに加えて株取引も卓也を虜にしていた。いつも相場が気になって、接客の合間でも数分の時間があればパソコンの画面を見てしまう。持っている株は順調に値を上げているので、卓也はさらに株への投資の額を20万円に増やした。

ところが、その直後に株価が下がり始めた。売るかどうか迷っているうちにさらに値が下がる。今売ってしまったら損が大きい。また値上がりするのを待ってみることにした。

発足記念パーティ

「ウィナーの繁栄と全員の成功を願って乾杯！」

貸し切ったレストランを大勢の元気な声が満たした。発足記念パーティには全メンバーの40名が参加した。平均年齢は20代中頃といったところだ。全員がこれから始まる成功への希望で胸を膨らませている。

　まず卓也が代表として挨拶をした。卓也は40名から注がれる熱い眼差しに体の芯から熱いものがこみ上げてきた。スピーチはぎこちなく気の利かないものだったが、聴衆から送られた拍手は割れんばかりのものだった。

　続く石田の「思いは実現する」というスピーチは見事だった。そして、卓也との〝運命の出会い〟から語り始め、いかに素晴らしい人物かを褒め称えた。正直なところ、実際の姿とはかけ離れていたと言わざるを得ない。卓也は自分が特別な人物として扱われて自尊心が満たされ最高の気分を味わっていた。しかし、今の本当の経済状態を知られたらと考えると、今度は高い崖にでも立ったときのように足がムズムズと恐怖ですくむ思いになるのだった。

「では、泉代表と私で考えたこれからのウィナーの計画を発表します」

　もちろん本当のところは石田がほぼ1人で考えてきたものだ。

「まず、今のままでは成功できる人間はこの中に1人もいないことを自覚してください。あなたたちは今のままでは絶対に成功しない。それは分かっていますね？」

　石田の厳しい口調に合わせて、ほぼ全員がうなずいた。石田は手を後ろで組んでゆっくりと歩を進めながら語る。その姿は堂々としていて、まるで舞台俳優のようだ。

「あなたたちの考え方、行動力、決断力などどれも成功するほどの基準ではありません。このウィナーに入れただけで成功できるという甘い考えは捨て去ってください」

石田は身振りを交えて演説する。みな眉間にしわをよせた難しい顔で真剣に聞いていた。

「あなたたちのために私と泉代表が主宰する成功のための勉強会を開催します。一般価格は1万5000円のところ、メンバーは1000円で参加できるようにします。6回開催しますので、これだけで8万円の元はとれます。みなさんに共通して欠落しているのは、売る能力です。みなさんのためにビジネスの基礎であるセールスを学ぶ機会を作ります。ただものを売るだけではない。セールスを学ぶことを通して、報酬も得られるようにします。学びながら成功を勝ち取ってください」

興奮した拍手のあと、メンバーが1人ずつ自己紹介をしていった。1人が終わるごとに盛大な拍手が送られる。口々にウィナーに入れたことが幸運であり、感謝していると述べた。

卓也は夢のような気分だった。自分がここにいる40名のトップに立っているのだ。自分には他の人よりもずっと価値があるということをウィナーとそのメンバーたちが証明してくれている。うっとりするほど甘美な感覚で全身が満たされた。発足記念パーティは熱い盛り上がりの中で終わった。

小さな嘘

発表したように、都内に小さな会議室を借りて勉強会を開催することになった。卓也は石田から一般参加者を集めることに関して何の指示もされなかったので、電話で石田に一般の参加者を募集しなくていいのかとたずねた。すると石田は平然と答えた。

「ああ、面倒だからしなくていいですよ。そもそも一般価格の1万5000円というのは、入会金の8万円を納得させるためのものですから」

最初から一般の募集などしないつもりだったのだ。嘘を言っていたことを知ってさすがに卓也も驚いた。卓也にとってウィナーのメンバーは仲間であり身内だ。しかし、石田はずっと冷ややかに見ているようだった。卓也は石田を恐ろしく感じた。果たして自分のことはどう思っているのだろうか。

開催された勉強会は成功法則が書かれた本に出てくるようなごく基本的な内容だったが、多くの参加者には生まれて初めて触れる成功法則であり、大いに役立っているようだった。また、たとえば目標を書き出すというごく初歩のことは本などで知っていても、実際にやっている者は少なかった。

最初こそ自由参加ということにしていたが、参加しないメンバーを暗に非難するために、やがて暗黙のうちにウィナーのメンバーの強制参加行事となった。

僕が会長ですか!?

ほとんどのメンバーはこの勉強会に満足している様子だったので卓也も安心したし、また期待を裏切らずに済んでほっと胸をなでおろしていた。

6回目最後の勉強会が終わったその夜、メンバーのうち片づけのために残ってくれた数名を連れて、お馴染のブリリアントに向かった。

卓也はお気に入りの女の子をはべらせて気分よく飲みはじめた。自分がどれだけすごいことをしているのか、すべての人に知らせたい気分だった。卓也の隣に石田が来て、次の計画を打ち明けた。

「いよいよマンパワーを活用しましょう。若者に人気がある絵を販売します。絵といっても油絵とかではないんです。リトグラフとか版画とかの複数印刷されるものです」

その画家の名前は卓也もどこかで聞いたことのある名前だった。

「展示販売する絵画は買い取って仕入れるのではなく、売れた分だけ支払う委託販売です。在庫を抱えずに済みます。私の持っているルートなら原価は5、6万。私の知り合いに美術関係の卸業者がいるんです。それを30万から50万で売ります」

「6倍から8倍とはすごい粗利ですね」

石田は卓也の反応に満足そうな表情を見せた。卓也を感心させるのが好きなようだ。

「メンバーに知り合いを連れてこさせます。ゼロから自分で声をかけて、会場まで呼んでくる。人を動かす練習になります。売れたらそのうちの40パーセントくらいを連れてきたメンバーにバックしてやれば彼らも喜びます。運営は、私たち2人で会社を設立して、メンバーから1人を選んで社長に就任させます。経営はその人物に任せる。卓也君は会長になってください」

「僕が会長ですか⁉」

会長というのは大物のイメージがある。自分がそんな立場になるとは想像していなかった。

「ウィナーの入会金で集めた金の中から150万を私たちからの出資金として会社に入れましょう。75万と75万ずつということでいいですか？ 社長になる人物には責任感を持たせるために100万を出資させます。イベントを開催して経費を引いた残りの利益を出資者で分配する。僕たちは働かずに儲かります。卓也君の好きな不労所得ですよ」

とうとう自分も投資家になるのだと思うと胸が高鳴る。しかも、レバレッジを使うのだ。このとき卓也の中で浮かんだ小さな疑問があった。それはなぜ集めた入会金の全額ではなく150万なのか、ということだった。お金について聞くのは気が引けた。それはまた、整体の仕事があるために自分は動けずに、石田ばかりに動いてもらっていたことを負い目に思っていたからでもある。あまり深く考えないことにした。

「へえ、すごいですね。でも、みんなから集めたお金を僕と石田さんの出資としてしまって文句は出ないでしょうか？」

「私たち2人が入会金として集めた金ですから、文句を言う奴はいないでしょう。ウィナーは法人ではないから出資者にはなれないし。それにこれはメンバーのための会社なんですよ。そうでしょ？　あいつらにビジネスの経験をさせてやるためにわざわざ作ってあげるんです。絵を仕入れるルートだって私がわざわざ使わせてあげるんだから」

石田をいら立たせてしまったので、卓也は話の方向を変えようとした。

「経営者に選ばれた人は喜ぶでしょうね」

「もちろんです。そんなチャンスは滅多にあるもんじゃない。それに、きっと他のメンバーもウィナーにいればチャンスがあるんだと思うでしょう」

問題は誰を経営者に据えるかだ。石田は小松を推薦した。卓也はあまり賛成できなかった。小松が経営者に向いているとは思えなかったし、個人的に好きになれなかったのだ。かといって、今のところ他にもっと適している候補がいるわけでもなかった。

「小松に100万なんてありますかね」

「私が集めさせます。もっとも100万程度の金が集められないようなら、会社なんて運営できませんよ」

その意見には卓也も賛成だった。その場にいた小松にさっそく伝えることにした。

「おい。小松、ちょっとこっち来い」

離れた席で顔を真っ赤にして飲んでいるところを石田が呼びつけた。いつの間にか石田は「小松」と呼び捨てにしていた。聞いた小松は受験の合格発表のように飛び上がって喜んだ。

4 成功地図を描く

ハイリスク・ハイリターン

前回、湯沢に教えてもらったときから1ヶ月が経った。ウィナーのことがあったので1ヶ月があっという間だ。

最初は宿題についての報告だ。

「株を始めて分かったんですけど、いつも相場が気になってしまって、頭から離れないんです。儲かっているときはまだいいんですけど、値下がりすると平常心でいられませんね」

買った株の値下がりは一時的に止まったものの、一向に元の価格にまで戻る気配はなかった。戻るのか、それとももっと下がるのかはまったく見えない。それは卓也をとても不安にさせた。今は20万円しか投資していないが、もし200万円だったら、もし2000万円だったらと考えていくと恐ろしくなる。

「君のような自営業者は資産形成のために短期で株売買はしないほうがいいよ」

卓也はあっ気にとられた。

「そうなんですか⁉ ……どうして宿題にしたんですか」

「君の性格からして、何でもやってみないと分からないでしょ。知り合いが株の売買でいくら儲けた、なんて聞いたら自分もやらないとって思っちゃうだろうしね。だから一度は体験しておいたほうがいいと思ってね。株の価格はどんどん変動して、値が下がってきて損が出ているときには誰でも不安になるもの。そのストレスが本業にも影響するんだね」

「売って損はしたくないけど、持っていたらもっと損してしまうのではないか。そんなことで頭の中がぐちゃぐちゃになりました、今も少しなっていますけど」

「そうでしょ？　先物取引だとそれが10～20倍になるからね。レバレッジの逆の効果だね」

「どういうことですか？」

「先物取引は権利を売買するんだけど、権利を買うと証拠金というのを納めるんだ。それは実際の取引額の5〜10パーセントくらい。途中で払うのは証拠金だけ。つまり、ここでレバレッジが効いていて、元手の10〜20倍の取引ができるということなんだ。たとえば1000万円を元手に1000万円から2000万円の取引ができるということ。もし2倍に値上がりしたら、10〜20倍の儲けになる」

「すごいじゃないですか」

「でも逆に半分に値下がりしたら、損も10〜20倍になる。まさにハイリスク・ハイリターンの取引なんだよ」

「そんなのがあるんですね。眠れない夜を過ごしそうです」

未来のイメージを描く

「今日はいよいよ話を具体的に進めていこう。不労所得のルールの『①理由を持つ』と『②計画する』をやるよ。毎月100万円の不労所得を手に入れている未来をイメージして、このシートを書いてみて」

そう言って、湯沢は卓也に1枚の紙を差し出した。そこにはいくつかの質問が書かれており、卓也はその質問の横に自分が思った答えを書き出した。

★不労所得が入ってくるようになった未来であなたは何をしていますか？

――広い高層マンションで、起業家たちの相談に乗っている。他にもたくさんの人にアドバイスをしている。

★それを実現するためにどのくらいの資産と収入が必要ですか？

――資産目標額　1億2000万円
不労所得月収　100万円

★不労所得の方法の中でどれを選びますか？　比率も書きましょう。

――ビジネスのロイヤルティ50パーセント。投資信託30パーセント。投資不動産20パーセント。

★不労所得を手に入れてよかった一番の理由は？

――家族と一緒にいられること。人に教える時間やアドバイスをする時間があること。

★不労所得を実現した先の人生は何をしていきますか？

――もっともっと教えてあげたい。不労所得を実現する方法も含めて、人生で成功する方法を、まずはビジネスでかかわった人たちに実践の中で教えてあげたい。

書いていると本当に実現したかのようないい気分になった。そして、絶対に手に入れたいという気持ちになった。理由を持つというのは本当に大切だということが分かった。

どれくらい資産を築けばいいのか？

「君は月100万だから、年に1200万円の不労所得を目指しているんだよね。では、そのためにお金を生む資産をどれくらい築けばいいかを考えてみよう」

「そういわれるとさっぱり分かりませんね」

「そうだね、何で運用するかは考えずに平均の利回りを10パーセントとだけしよう。それを基準に考えてみようか」

「はい、ということは1200万円を0・1で割ればいいから……1億2000万円だ。うひょー、すごい金額ですね。そうか、ということはなんとかして1億2000万円を貯金していくのか……」

その金額が高さ何メートルものハードルに見えて、さっきまで高まっていたやる気がしぼんでいった。

「貯金するのにどれくらい時間が掛かるか計算してみよう。毎年いくらを投資に回すのか、目標を立てようか？」

かなり難しい質問だった。無駄なお金を使わなければ、と考えてみる。

「調子のいいときなら150万円くらいならいけますけど、無理せずに100万円でしょうか?」

「オーケー、立派だよ。では100万円を投資に回したとしようね。1億2000万円になるのは何年後?」

「1億2000万円÷100万円だから……120年!? ……死んでますね」

「まあ、そんなにがっかりしないで。100万円を単純に足していくとそうなるんだよね。実際はそんなに必要ないんだよ」

複利の力を使う

「えッ!? どういうことでしょう」

「いろいろな割引を活用するのさ。学生なら学割があるし、早朝なら早朝割引とかね」

「……なんだ、油断するとすぐ冗談を言うんだから」

「君があまりにも真剣だからさ、からかいたくなるんだよ。学割じゃなくて、不労所得のルールの9番目の複利の力を使うんだよ。最初の100万円を10パーセントで運用すると1年後にはいくら？」

「10万円が増えているから110万円です」

「では2年目の運用後は？」

　卓也は電卓を使って計算した。

「110万円にさらに100万円を加えて、10パーセントで運用すると231万になっています。あ、31万円も増えている！」

「これが、複利の力なんだ」

「すごいなあ。10年運用すると、1753万円ですよ」

　卓也は興奮気味に計算していった。3年後には6300万円になっていた。

「1億2000万円になるには……26年。急に増えていくんですね。あれ!?　ただ足していったときには120年だったのに、94年も短縮できましたよ」

「この複利の力を使うことで資産はどんどん増えていく。複利の力を体験するとお金を消費に使うのがバカらしくなるよ。だってもし普通に300万円の車を買うとするだろう。10年後に売るとほとんど値がつかないよね？　でも、もし10パーセントの投資に回したらいくらになるかな？」

「ええとちょっと待ってください。うわっ、778万円ですね。すごいなあ、大衆車が高級車に化けましたよ」

「卓也君、鼻の穴が膨らんでるよ。資産形成の最大のポイントはこの複利の力を使うことなんだ。お金を複利で運用する。すると雪ダルマ式にお金がどんどん膨らむ。そして、十分大きくなったら、それを生活費に当ててもいいし、さらに毎年収入が得られる不動産などに回してもいい。定期的に利益配当されるタイプの投資信託に回すという手もあるね」

「やっと見えてきました。資産運用ってこういうことだったんですね！」

「ここで大切なポイントがあるんだけどね。毎年投資を続けると、最初のほうに投資したお金は運用する期間が長いために、大きく増える。でも、あとのほうに投資したお金は期間が短いのであまり増えない。つまりできるだけ最初のうちにたくさんのお金を複利の投資に回したほうがいいということだ。30代のうちはできるだけ無駄な消費や贅沢を控えて、投資にお金を回すんだよ」

「ルールの3番目『投資が先で消費が後』が大切なんですね。でも本当にこんなに上手くいくんでしょうか」

「インチキくさいと思っているんだね」

「いえ、そんなことはありません」と否定したが多少は疑わしく思っていた。正確に言えば、信じられないのだ。

「複利の力は自分で体験しなければ分からない。世の中のほとんどの人は、この魔法の力を知らないし使ってもいない。というのも、普通の人は複利をマイナスにしか使ったことがないんだ」

「マイナスに使うってどういうことですか？」

「借金だよ」

「ああ、そうか。うちも家を建てるときにはお金を借りました。借りるときは複利なんですね」

「表現は悪いけど、普通の人は複利の力で貧乏になっていく経験しかしていないんだね。消費に複利を使っている。だから、複利の力をプラスに使ったときのすごさは自分で体験しなければ絶対に分からない」

（複利計算は犬飼ターボのホームページ http://inukai.tv/ で簡単に計算できます）

資産地図を作成する

「今度はもっと具体的な計画を立ててみよう。資産地図というものを作ろう。これはね、君がこれから資産を作っていくゴールとそれまでの道のりが書かれた地図だ」

十字の上に真ん中に円が書いてある1枚の大きめの紙を渡された。

「まず、円の中に君が目指す資産の1億2000万円と書く」

卓也は言われたとおりに金額を書き込んだ。

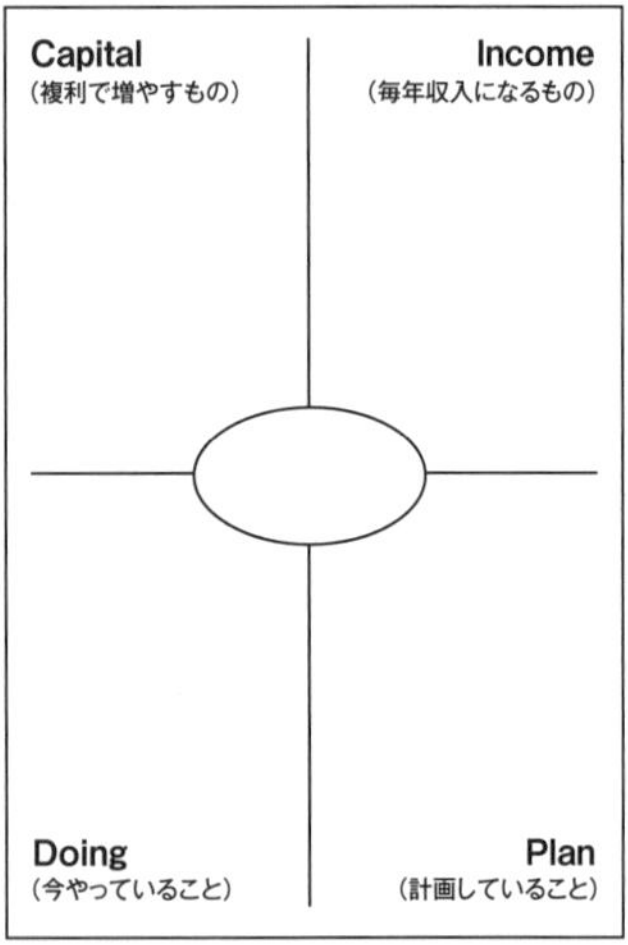

「全体を説明しよう。下半分は資産を形成するための方法を書くスペース。そして、上半分はそれをどうやって運用していくかを書くスペース。左下の"Doing"は今の収入源。右下の"Plan"は計画している収入源。左上の"Capital"は株や投資信託など今複利で運用中の資産を書く。"Income"には、

定期的に収入になる賃貸不動産やビジネスのロイヤルティ、それから分配金のある投資信託などの資産を書く」

湯沢はDoingに今の収入源を書いて、丸で囲むよう指示した。

「今は整体院だけなので、〝整体院〟と書きます」

「いいよ。次に、Planのほうに、これからもっと収入を増やすための収入源となるものを書いてみて。今考えられるものだけでいいよ」

「また、支店を出したいです」

「それなら、〝支店を展開する〟と書いたらいいかもね。他にはある?」

「将来は自分なりの整体のスタイルを作って、それを教えるスクールをやってみたいです。卒業する人が店を出すときに、もし必要なら出資をしてロイヤルティをもらうようにしたいです。それから、整体院の経営のコンサルティングも」

「いっぱいあるんだね。じゃあ、〝スクール〟、〝ロイヤルティ〟〝コンサルティング〟とでも書いておこうか。その言葉ではなくても、君が自分で分かればいいよ。それぞれを丸で囲っておいて」

卓也は湯沢に言われたとおりの言葉で書き、丸で囲んだ。

「では次だ。今度は、運用する方法を書こう。Capitalのところには、株とか投資信託を入れるんだけど、予定はあるかな？」

「投資信託には興味があります」

「分かった。では〝投資信託〟と丸を書こう。Incomeのところには、何を入れる？」

「〝賃貸不動産〟と〝ビジネスのロイヤルティ〟です」

「そうしたら、それぞれのだいたいの利回りを書いて丸で囲もう。不動産のほうは6パーセントにしておこう。ビジネスのロイヤルティは難しいね。いくらだと思う？」

「うーん、そうですね。1店舗300万を出資したとして、年間売上が2000万円、ロイヤルティを売上の5パーセントにしたら、年100万円。100を300で割るから……おおよそ30パーセントですね。わお！　すごい！」

卓也の資産地図の全体が見えてきた。

「あとは金額を入れていこう。毎年100万円を投資に回すという目標だから、Doingの欄の整体院から矢印を中心の1億2000万円のほうに延ばして、下に100万、と書いておく。では、もしPlanのどれかを実行するとしたら、どれが最初になるかな？」

「〝支店展開〟はそれほど遠くない未来にできそうです。少なくとも2店目なら2、3年のうちにできるかもしれません」

「いいね！　支店を展開できたら、100万円をもっと増やすことはできるかな？」

「はい、簡単ですね。ちょっと変えていいですか？　今の整体院経営で年100万円は難しいので、まずは80万円で、支店ができたら100万円を上乗せできると思います」

「では、100を80に修正しよう。どんどん修正していい。無理な目標を設定してもやる気が起きないからね。頑張ればできそうだという範囲にしておいたほうがいいよ。〝支店を展開する〟から中心の1億2000万円に矢印を延ばして、矢印の横に〝100万〟と書いておこう。同じように〝スクール〟〝ロイヤルティ〟〝コンサルティング〟のそれぞれを実行したらどれくらいを投資に回せるようになるかを、予想でいいから書いてみよう」

いくらになるのか、考えたこともなかったのでしばらく悩んだ。卓也はそれぞれの矢印の横に、〝100万〟〝100万〟〝50万〟と書いた。

「こんなに適当でいいんですか？」

「今はいいんだよ。ほら、すぐに投資額を書けなかっただろう？　この資産地図を作る目的はそこにあるわけ。つまり、今までは頭の中でぼんやりとは考えていたものを、はっきり具体的にしていくということなんだよ。将来の資産を増やす元になるビジネスの展開をお金ベースで考えることになるね」

「なあるほど！　普段から将来のビジネスの展開を計画していれば、すぐに書けたんだ！　支店を増やそうとか、スクールを作ろうとか、漠然としか考えていませんでした。漠然と考えていただけじゃ、実現しませんよね」

「そうだね。君は数字を書くのが早いほうだよ。目の前のことに精一杯で、将来のPlanなんて全く思いつかない人のほうが普通だから」

今度は地図の上半分に取り掛かった。

「1億2000万円を何に投資していくかは決めたから、今度は金額を割り振っていこう。今はだいたいの予想でいいから、それぞれの金額を考えてみて」

〝投資信託〟の下には〝5000万〟、賃貸不動産の下には〝3000万〟、ビジネスのロイヤルティの下には〝4000万〟と書いた。

「次は、そこから生まれる不労所得の金額を書いてみよう。それぞれのパーセント

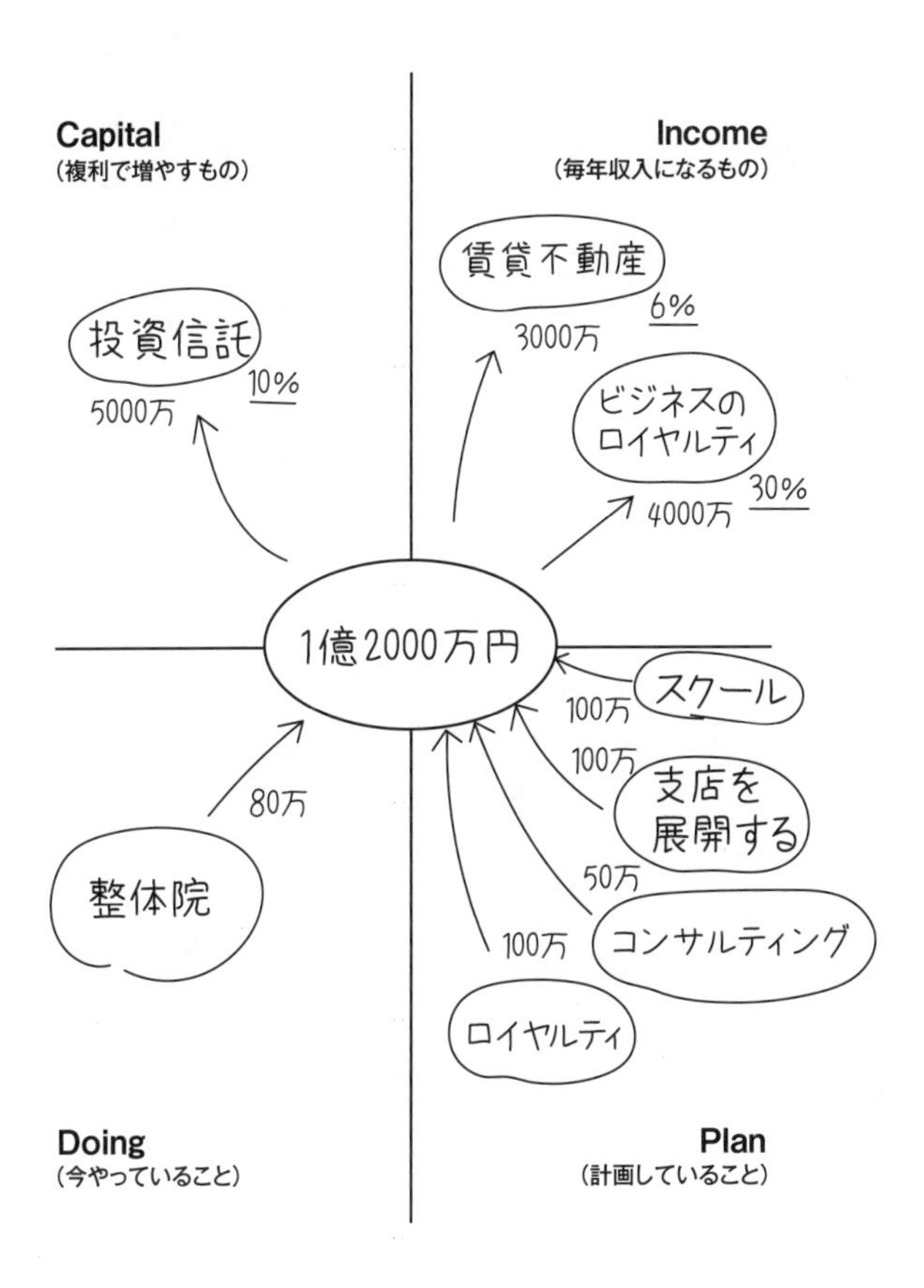
Capital
(複利で増やすもの)
Income
(毎年収入になるもの)
賃貸不動産
6%
3000万
投資信託
10%
5000万
ビジネスのロイヤルティ
30%
4000万
1億2000万円
スクール
100万
100万
支店を展開する
80万
50万
整体院
コンサルティング
100万
ロイヤルティ
Doing
(今やっていること)
Plan
(計画していること)

に振り分けた額をかけると出るよ」

●投資信託10パーセント……500万円

●賃貸不動産6パーセント……180万円

●ビジネスのロイヤルティ30パーセント……1200万円

「なんだか嬉しいですね！　あれ？　合計すると1880万円ですよ。えっ⁉1年の不労所得が1880万円にもなるっていうことですか⁉」

「そういうこと。ただし、Capitalの海外投資信託は売ったときに初めて利益が確定するものだから、年間の収入とは別に考えたほうがいいね」

「そうか。それでも1380万円になります。目標は1200万円だったはずですけど。そうか、ビジネスが大きいのか。利回りは30パーセントですからね」

最後に各Planに日付を入れた。

資産地図は成長していく

未来の地図を広げて眺める。

「これはすごいなあ。資産の形成と運用が両方いっぺんに分かっていいですね。初めて具体的になってきました」

「不労所得の道のりはとっても長いから地図がないと迷子になるんだよ。私たちは忙しいから日々の雑事にとらわれて10年後、20年後の資産形成には目がいかなくなる。こんなふうに全体を見渡せる見取り図があるとやる気も維持できるよ」

「1年間で1380万円の不労所得になってしまいましたから、もちろん嬉しいんですけど、このままでいいんですか？」

「いくらでも修正すればいいよ。というより、資産地図は何度も何度も修正していくものなんだ。結婚して家族ができれば変わるし、ビジネスの状況によっても変わってくる。興味が変わればビジネスだって変わることもあるだろう。株式や投資信託や不動産などの知識を学んでいくうちにより詳しくなって、利回りのパーセンテージも変わっていく。たとえば投資信託は具体的な名前になっていくだろう。A社のなんとか型投資信託とかさ。賃貸不動産も都内近郊と全国では違うと言ったよね。自分で管理をする場合と委託する場合でも変わってくる。新しい知識と経験で地図をより具体的に、自分に合ったものに書き直していくんだ。君の不労所得への知識と経験がそのまま反映されていく。それがこの資産地図の楽しいところさ」

「最初から完璧な地図にする必要はないんですね」

「今は必要ないし、できないよ。どんなに頭が良くて緻密な計算をしても、投資をしながら経験を積み、人脈が育つとともに情報も増えていくもの。自分の好きな投資も変わるしね」

「たとえば、株のデイトレードをやるとしたらどこに入れればいいんでしょう？」

「右下のPlanに入れたほうがいいね。短期の売買は仕事みたいなものだからね」

ビジネスからのロイヤルティは不確実

「これを見ると、僕の将来の収入の半分以上はビジネスのロイヤルティですね。やっぱりビジネスは強力なんだなあ。もっと増やしたほうがいいんですかね」

「そこが、攻めと守りのバランスなんだよ。6番目のリスクとリターンの法則を思い出してごらん。利回りのいいビジネスのロイヤルティはハイリスク・ハイリターンなんだ。投資信託や不動産投資のようには確実なものではないということ。上手くいっているときはとても儲かるけど、次の年には急に潰れることもある」

「あ、ちょうど経験しましたよ。支店は院長が消えて閉めざるをえなくなってしまいました。お金が入ってこなくなっただけじゃなくて、閉めるのに結構なお金がかかりました」

「そうそう。特に少数の人間によって成り立っているビジネスの場合は個人の影響を直接に受けてしまう。そういうことを経験して分かっていればいいんだよ。1店舗のときにそれを経験できてよかったかもしれないよ。10店舗を一気に失うとなると相当な痛手だし、もし借金をして店を出していたなら損失はとっても痛い」

「一気に全部の店舗を失うことなんてあるんですか」

「ありうるよ。ビジネスそのものが衰退期に入る場合だよね。たとえば、レンタルビデオはインターネットの動画配信サービスによって個人店がどんどん潰れた。法律が変わることもある。消費者金融はグレーゾーンの金利が撤廃されて儲かりにくくなった。他には、国の政策が変わることもある。公共事業が縮小されれば、公共事業に全面的に頼っていた建築会社は一気に倒産することもある。それから、狂牛病なんていう突然の伝染病で牛肉が輸入されなくなって、食品産業や外食産業が打撃を受ける場合もあるね」

「確かに、今回の事件はいい勉強になりました。そうか、もっと大きな規模で事業をしていれば、被害ももっと大きかったかもしれないんだ」

「ビジネスのロイヤルティで広げていくなら、きちんと細かいところまで契約書を作っておくこと。日常的に君が管理している支店と違って、ノウハウだけを提供したような場合は人間関係が薄くなるだろう？　そうすると口約束では危険だ。相手が詐欺をすることはあまりないけど、お互いが都合よく解釈している場合がある。特にそれは、損失が出たり、店を閉めるようなときに問題になるんだ。ただ、自分ですべての起こりうるパターンを考えることは難しいから弁護士などの専門家のアドバイスをもらうといいね。その方面に強い専門家なら契約書の雛形（ひながた）を持っているだろう」

ビジネスが拡大する仕組み

「そして、ビジネスは不安定だからこそ拡大する仕組みを作るといいんだよ。ちゃんと調べて選んだ賃貸不動産や投資信託がつぶれる可能性は低い。その代わり利回りも低い。それに対してビジネスは100パーセントでも200パーセントでもいくらでも大きなリターンはあるけど、数年でつぶれてしまうリスクもある。だから、魚や昆虫を真似するといい」

「え？　魚と昆虫……ですか？」

「魚とか昆虫は何万個も卵を産むじゃない。食べられちゃうからたくさんの数を産むんだよ。ビジネスも最初から何パーセントかはダメになることを計算のうちに入れて、増えていくようにするんだ」

これは卓也の頭にはなかった考え方だった。

「一般的にビジネスに必要なものは人、金、モノの3つだね。それにノウハウも大切だから4つだ。これが自動的に集まるようにするんだよ。ビジネスを運営する仕組みではなくて、拡大する仕組みだ。うちの店も今までに2店舗を閉鎖したことがある。でもそれ以上に出店のスピードのほうが速いんだ。1店舗がつぶれたからってそれであきらめちゃいけない。その地域や人の問題などで存続できないこともあるものさ。ビジネスは淘汰されるものだからね」

このようなことはグループを拡大しているオーナーでなければ教えられない大成功する秘訣だ。卓也は100万円という授業料は安すぎるとさえ感じた。それと同時にウィナーへの確信を強めていた。なんと言ってもウィナーは拡大するモデルそのものなのだ。

金髪の投資アドバイザー

洋ナシの香りがする紅茶をいただきながら休憩をとった。

窓から見える庭の景色を眺めて優雅な気分を味わっていると、家の外でドドドドと低いエンジン音が近づいてきて家の前で止まった。その音の低さと音質からすると1000ccクラスのバイクのようだ。間もなくチャイムが鳴り、応対したお手伝いさんが「アランさんが見えました」と告げに来た。

「今日は卓也君のためにスペシャルゲストを呼んだんだ」

湯沢はいたずらっぽくそう告げてから客人を迎えに席を立った。湯沢と現れたのは金髪に近いブラウンヘアーの外国人だった。背は175センチぐらいで、ジーンズに革のジャケットがよく似合う。髪を短く切りそろえているので、男性的な精悍な顔つきがより男らしく見える。

「こちら投資アドバイザーのアラン・スミス」

湯沢はアランに英語で卓也のことを紹介してくれたようだ。ミスター・イズミという言葉だけ分かった。アランは卓也に握手をして、英語でなにやら卓也に向かって話しかけた。挨拶をしてくれているのは分かった。緊張で顔が赤くなり、汗が出てきた。

「ハロー、ナイストゥミーチュー」

不慣れな英語で挨拶する卓也に、アランがまた英語で返してきた。

「あ、あわわ……アイム……えーと……」

「英語よりも日本語のほうがいいですか？」

急にアランが自然な日本語で話した。隣で湯沢がクスクスと笑っていた。

「あ、なんだびっくりした。日本語でお願いします……」

湯沢の様子から打ち合わせされたイタズラだったのが分かった。

「もう、また意地悪しないでください」

「みんながアランを見て焦る姿を観察するのが楽しみなんだよ。アランは今37歳だっけ？　そうだね。イギリス人なんだけど、3歳からずっと日本にいたので日本語のほうが上手なんだよ」

「私の見た目はもろ外人ですけど、中身は日本人です。まあ、それで疲れることも多いんですけどね。英語も話せますが、へたくそです。それから、〝投資のアドバイザー〟ではなくて〝資産運用アドバイザー〟ですのでよろしく」

「そうだ。こだわりがあるんだったね。アランからアドバイスをしてやっておくれ」

湯沢は卓也のほうに向いて、わざとアランに聞こえるように秘密を教えてくれた。

「アランはね、投資にのめりこみすぎて離婚したほどの投資マニアなんだよ」

わざと欧米人風に肩をすくませたアランが卓也の資産地図を見た。

「ふんふん、なるほど。私が話したらいいのは投資信託についてですかね」

卓也がまだ投資信託をやったことがないのを確認してから説明を始めた。

投資信託の賢い選び方

「これで見ると、Capitalに投資信託がありますけど、これは分配しない投資信託を選んで複利で増やしたほうがいいですね。日本人はなぜか分配金があるほうが好きだけど、年金目的の人を除いて本来は分配しないで運用したほうが複利のメリットがあります。所得税も引かれなくて済むし」

湯沢が口を挟んだ。

「ねえ、アラン。卓也君は初心者なんだ。その辺をふまえてゆっくり説明してあげてくれる」

「はい。分配については湯沢さんから聞いたんですね。投資信託には分配があるものとないものがあります。今話したように、日本の投資信託にはほとんど分配があります。定期的に増えた分を投資家に払い戻すんですが、払い戻された分は複利で運用されなくなってしまいます。ですから、卓也さんのように運用で大きく増やしたいという場合には、できるだけ分配をしない投資信託を選ぶといいんです」

卓也は、複利の力を使うために分配のないものを選ぶ、とカニミソノートに書き込んだ。いいことを教わった。もし知らなければ、きっとたくさん分配されているものを選んでしまっただろう。

「ただし日本では完全に分配がないものはとても少ないんですね。だから、過去の実績を見て分配が少ないものを探すほうが現実的です」

「あ、そうだ。アラン、なんで日本の投資信託はみんな分配されるタイプなの」

湯沢がアランに尋ねた。

「それはですね。3つの理由があると言われています。1つ目は、1口の価格を下げることで、お客さんが買いやすくすること。最初に投資した人は1万円でできたのに、運用しているとどんどん1口の価格が増えていってしまう。5年後には1口が3万円なんかになってしまいます。3万円よりは1万円のほうが普通の人が投資しやすいですからね。2つ目は、定期的に分配があったほうが喜ぶ人が多い。実際、分配が多いからという理由で選んでいる人は多いです。主婦だったらたとえば30万投資して、10パーセントのリターンがあれば3万円です。ちょっとしたお小遣いになりますからね。最後は、国の都合です。つまり、国ができるだけ税金を集めたいから配当しなさいよと催促するという話です。これは確認したわけではありませんが、値上がりしている間は国としては税収がないわけですから、少なくとも暴落する前に利益を分配させてその20パーセントの所得税を集めたいんでしょうね」

理路整然と答えるのはさすがプロだ。しかし卓也は途中から頭がぼーっとして言っていることが理解できていなかった。

そんな卓也に湯沢はアランに聞きたいことはあるかと聞いた。せっかくだから、気になったことを質問してみることにした。

「株の売買をしてみたんですけど、いつも株価をチェックしないと気がすまないようになっていました。投資信託では相場はチェックしなくてもいいんですか?」

「大きく変動するものだったら見ておいたほうがいいですね。たとえば、ちょっと前までIT産業の株はどんどん値が上がっていました。でも落ちるときもすごい勢いでした。もし、大きなリターンを狙ってそういう急成長している産業や地域に投資する投資信託を買うのなら、株ほどではないにしてもチェックしておいたほうがいいですね」

「そうですか。なるほど〜、勉強になりますね」

忘れまいとせっせとメモを取っていた卓也を見て、アランは湯沢に言った。

「いや、こんなに熱心に聞いてくれると嬉しいものですね」

「そうだろ？　彼はすごい聞き上手なんだよ。だから教えてあげたくなるんだよ。彼にもっと教えてやってよ。私の大切な生徒だからさ」

ストレスから解放されるための2つのポイント

湯沢の言葉に後押しされてアランが教えてくれた。

「もし、チェックしなくてはいけないというストレスから解放されたいなら、2つのポイントを覚えておくといいです。1つは、広く分散して投資すること。地域も日本だけでは不十分なので、世界に分散させたほうがいいですね。そして、2つ目は一度投資したら長期で保有することです」

「教えていただいたリスクの分散というやつですね。僕は日本の株しか買っていませんでした。でも投資するにしても、投資のタイミングは見極めなくていいんでしょうか？」

アランが答える。

「できれば一番値下がりしたときに買えたら最高ですよ。過去の株価の推移を見ると必ず大きく値下がりしてその後は順調に値が上がっているタイミングがあります。その底のときを狙って買ったらよかったんですね。でもそれは後になって分かることで、その当時は上がるということは分かりません。もっと下がるかもしれないわけです。だから狙うのは難しいですよ」

「その心理、自分でやってみて分かりました。みんなが売っていると、これ以上は持っているのはまずいんじゃないかって思います」

「まず、長期で持っているとタイミングは重要ではなくなります。実際、10年間という期間でみるとパフォーマンス（生み出した成果）はほぼ一定になるんです。実際に世界の主要な株式の指標から計算すると、どの時期から始めても10年保有すればパフォーマンスに大きな差はなくなるんですよ。つまり、世界に投資する投資信託を買ったら10年は持っておけばいい。ちなみに20年以上保有したときの株式の平均上昇率は12パーセント程度に落ち着くと言われています。統計学者が『平均への回帰』と呼んでいる現象です」

「へえ……12パーセントなんですか」

後で100万円を30年間、複利で運用した場合の計算をしてみようと思った。どれくらいになるのだろう。

「分散というのは時期も含まれます。ある年にだけ投資するよりも、毎年コツコツと投資し続けるほうが期間の分散に役立ちます。いつ投資するかというタイミングは重要ではなくなってくるんですね」

専門家になるのではなく、専門家の人脈を持つこと

また湯沢が思い出したようにアランに質問した。

「アラン、投資信託じゃなくて、株式の配当利回りの平均って今分かる？　低いのは分かっているんだけどさ」

「日本と欧米で違いますね。ちょっとインターネットで調べてみましょう。……分かりました。日本では1・5パーセント程度。北米企業は1・8パーセント、欧州は2・8パーセントですね」

「卓也君、ということだってさ。つまり、100万円で株を買っても1万5000

円くらいしかもらえないってことだね」

「前回質問したことを覚えてくれてたんですね。ありがとうございます。しかし残念な数字ですね」

それからもあれこれと話しているうちに長い時間が経ってしまった。

今日、卓也は多くのことを学んだ。知識は一気に増えた。が、そういった知識よりもずっと大きな気づきがあった。経営者が投資で成功するには投資の専門家になることではなく専門家の人脈を持つ、ということだった。細かい数字に答えられる必要はない。数字や情報を知っている専門家の知り合いがいることのほうがずっと大切だ。人脈さえ持っておけば、情報は入ってくる。ルールの10番目が腑に落ちたのだった。

考えてみれば、自分にとってのその専門家とは石田のことではないか。ますますウィナーへの確信が強まった。

湯沢はまた次回の宿題を出した。

今度は、不動産屋に行って投資用のアパートを何棟か見学する、というものだった。

いよいよ次回は憧れの大家さんの道を教えてもらえるのだ。

5 嵐のような成功

アートフェスタ計画

湯沢のレクチャーから10日ほどして、ウィナーで行うイベントに関してのミーティングをするために、卓也と石田と小松、そして石田の友人の絵画の卸業者の4人で集まっていた。手配する絵画の枚数や搬入の仕方、それに展示方法などを話し合い、打ち合わせは順調に終わった。

イベントの名前はアートフェスタに決まった。業者の男性は卓也よりも若く外見は派手だが、仕事に関してはちゃんとやってくれそうな人だったので安心した。しかし、卓也は正直なところ本当に何十万円もする絵が売れるということが信じられなかった。

業者が帰り、3人になった。石田が正面に座る卓也に何かの書類を手渡した。

「そうだ。会長、会社ができましたよ」

「会長って……ひょっとしてもう設立できたんですか！」

書類は会社の登記簿謄本だった。そういえば、数日前に書類に署名し判子を押したが、それにしてもずいぶん早い。

会社名はアートウィナー株式会社となっていた。絵画を販売するウィナーの関連会社だ。とても分かりやすい名前で気に入った。

卓也は書かれている文字を興奮ぎみに追った。代表取締役に自分の名前があるのを見つけて嬉しさがこみ上げて来た。出資者のところにはちゃんと小松の名前もあった。なんとか１００万円を工面できたらしい。

「あれ？　資本金が１０００万円になっていますけど」

「さすが！　気づきましたね。実は休眠会社を30万で買い取ったんです。あ、もちろん安心です。負債はないし、新しく会社を作ったのとなんら変わりません」

「休眠会社……ですか？」

「活動していない会社を休眠会社というんです。新規で法人を設立するよりも登記の費用などを低く抑えることができます。登記で書き換えれば10万円で会社の名前、目的、役員、本店所在地を好きなものに変えることができます」

「へえ、そんなのがあったんですね」

登記簿謄本を見ているうちに、ウィナーのメンバーの1人の名前が取締役に入っていることに気づいた。

「中島って、なんで彼の名前がここに入っているんですか?」

「あ、役員の人数が足りなかったので入らせたんですよ。あれ、このことって卓也君に言いませんでした?」

「いいえ、聞いていませんよ」

石田はそうだったかな、などと首をひねっている。

「でも大丈夫ですよ。中島は大人しい奴だし、面倒くさいことは私が言わせませんから」

もちろん面倒くさいことは言わないだろう。中島は石田のイエスマンだからだ。

卓也の胸がざわざわと騒ぐ。小松といい中島といい石田の子分のような人材ばかりが登用されている。自分の知らないところで話が進んでいるのは嬉しいことではない。このままだとまずいことになる。

　ここで言っておかないといけない。

「石田さん、こういう大事なことはちゃんと言ってほしいんですけど」

　石田がむっとした表情で反論した。

「何をですか？　私はちゃんと言いましたよ。あなたが聞いていないんじゃないですか？」

「いや、聞いていたら……覚えていると思います」

　強い態度で出られると自信がなくなってきた。

「だったら、あなたが自分でやればいい。会社の登記、書類作成、関係者に根回し。絵画の仕入れなんてこんないい条件で取引させてもらえることなんてないんですよ」

「僕はただ、事前に言ってほしいって言っているんですよ」

「そんなこと言って、自分はぜんぜん動かないじゃないですか。いいですよ。それならもう私は手を引きますよ。あとは知りませんよ」

　今までの鬱憤が吹き出たように、石田はまくし立てる。

「そ、そんな……」

なんでこんなに怒っているのだろうか。卓也は混乱した。

ここで任せられても何も分からない。胸の内にはたくさんの思いが湧き上がってきて、言葉にしたいのだがのどが締め付けられて口にできない。お腹の筋肉が縮こまって呼吸が浅く息苦しさを覚えた。

「怒らせてすみません。いろいろとやってくれていることには感謝しています。でも一言相談してくれればと言っているんです」

気まずい空気が流れる。

石田は手に持った車の鍵をもてあそびながら興奮を鎮めていた。やっと落ち着きを取り戻してから口を開いた。

「私は他の仕事を犠牲にしているんですよ。ウィナーを優先しているんです。卓也君も平日の何日かは店を閉めるなりして、ウィナーに力を入れてください。整体院なんてやっている場合じゃないでしょ？」

そう言われてますます思いが膨らんだが、言葉には出せなかった。

小松は2人にはさまれる位置で落ち着かなそうにしていた。石田がトイレに席を立ち、卓也はほっとした。

100万円はどこから？

石田が席を外している間に、卓也は小松にどうやって100万円を出資できたのかと尋ねた。

「あ、はい。なんとか」

「貯金があったんだ」

「いや、貯金じゃないっす」

卓也の質問に小松は言葉を濁した。あきらかに聞かれたくない様子だ。

貯金ではなければどうしたのかと尋ねていると、石田が戻ってきた。今度は石田が質問した。

「借りたんだな。誰に？」

「まあ、知り合いにです」

また言葉を濁そうとする。それを石田は見逃さなかった。問い詰める。

「どんな知り合い？」

「知り合いって言うか、ローン会社ですかね」

どうやら消費者金融から借りたらしい。消費者金融は年30パーセント近い高利だ。倒産間近の会社が苦し紛れで借りることはあっても普通の経営者なら決して借りはしない。

石田が立ち上がって、ここがホテルのラウンジであることを忘れて怒鳴った。

「はあ？　お前バカかぁ？　サラ金から金借りてどうするッ！」

細身だったが、声は驚くほど大きかった。周囲の客が振り向く。ホテルのスタッフも心配そうに見ている。

小松は反射的に謝っていた。石田の怒りはますます激しくなる。

「二度とその面見せるなっ！　失せろ！」

大声で怒鳴り、石田がコーヒーを浴びせかけた。小松は情けない表情で席を立った。やっと石田の怒りが静まってから卓也とホテルを出た。出口で小松が立って待っていた。

「小松。こっち来い」

小松は怒られた犬のようにそろそろと歩いてきた。コーヒーの染みができたスーツの上着を手に持っている。石田はタバコを咥えたまま財布から1万円札を何枚か出した。

「これで新しいスーツを買え」

受け取った小松は、だんだんと顔が歪み、何度も「ありがとうございます、すみませんでした」と頭を下げて繰り返した。今、もし川に飛び込めと言われれば小松はそうするだろう。「アメと鞭」という言葉を卓也は思い浮かべた。

その日から、石田と小松の関係は前よりもずっと強固になった。それに比べて石田と卓也の関係はまだしこりが残っていた。特に卓也は言いたいことをぐっと我慢したために胸のあたりにももやもやしたものを溜めていた。

このような衝突はあったものの、アートウィナーはイベントに向けて突き進んでいた。小松はアートフェスタの準備に奔走していたが、性格的に注意力が散漫で卓也でさえ呆れるような失敗を繰り返した。そのたびに石田に怒鳴られていた。

小松なりに頑張ってはいるのだが、明らかに経営の能力は足りていなかったし、それ以前に社会経験が足りないように思えた。その割にうぬぼれが強く、社長に選ばれたことを鼻にかけている節があった。卓也は小松が他のメンバーに偉そうな態度で話している姿を何度か目撃した。

石田はそんな小松に愛想を尽かすのかと思えばそうではなく、逆にかわいがるようになっていた。少なくとも社長を辞めさせる気はないようだった。

結局のところ小松は自分で何か考えて動いているのではなく、小松を動かしているのは石田であり、アートウィナーの実質のトップは石田になっていた。

顔をのぞかせた不安

ウィナーのメンバーに発表してから、たった1ヶ月後にアートフェスタは開催された。

卸業者のスタッフ数名が会場の設営を手伝ってくれた。ガランとした会場はカーテンで通路をつくり、テーブルをきれいな布で覆って、飾った絵をライトで照らすとそれらしくなった。会場を見ても、まだ卓也は上手くいくとは信じられなかった。

3日間の開催期間中、ビルの1階のイベント会場は人足が絶えることがなかった。

ウィナーのメンバーには10名の友人を連れてこさせるノルマが課された。もし友人が誘えないなら卒業名簿に電話させる方法も教えた。それもできない者は、仕方がないので路上でチラシを配り、興味のありそうなお客さんを会場にまで連れてきた。卸業者のスタッフが手際よく販売をサポートしてくれたおかげもあって、驚いたことに20万~30万円の絵が1日に何枚も売れていった。

1日の営業が終わるとミーティングだ。売り上げた者は1人ずつヒーローインタビューを受け、盛大な拍手で祝福される。それは士気を上げるのに効果的だった。なかでもトップセールスは華々しく表彰された。1日目と2日目は長谷川江美がその座を獲得した。彼女には光るセンスがあった。

最終的に3日間の売上は350万円となった。

大成功だ。

会場代や仕入れを引いた利益は290万円。連れてきたメンバーに利益の50パーセントを分配した。手数料を受け取ったメンバーも喜んでいた。トップの長谷川江美はたった3日間で70万円を稼いだ。ダントツの記録だ。

石田の手腕には舌を巻くしかない。ウィナーの構想からたった4ヶ月間で人材を集め、イベントを開催し、利益を出してしまったのだ。卓也は最後までイベントの成功を信じられなかった自分を恥ずかしく思った。

「たった10人でこれだけの売上ですよ。これを全国で100倍の人数で開催したらどうなると思いますか？」

石田は卓也に不適な笑みを浮かべて言った。1回で数億円の売上になる。石田なら本当に実現させてしまうだろう。

しかしながら、卓也は売上の金額に興奮し、気を良くしていた一方で心配もあった。アートフェスタという商売の方法自体がとてもクレームを生みやすいということだ。買わせるためのマニュアルが作成されており、それはいかに気軽に来場したお客さんの気分を盛り上げてその気にさせ、その場で契約させるかというテクニックが書かれていた。無理やり脅して買わせるということはないが、お客さんの多くは案内してくれたスタッフとの人間関係から断れなくなり、意志が弱いと契約書にサインしてしまうのだった。

しかし、そんなふうに購入を決めて家に帰ると、冷静さを取り戻して契約したことを後悔するものだ。

イベントが終了して、クーリングオフ制度を使った解約の通知が2通届けられた。また、家族が詐欺だと思い込んで電話をして怒鳴ってくるケースもあった。

メンバーはというとやはり全員が満足していたわけではなかった。アートフェスタそのものに納得できず、最初から参加を拒否する者も数名いた。また誰も連れてくることができなかったり、連れてきても売れなかったメンバーの何人かは不満を募らせた。さらに、友人を連れていったものの、その友人から会場のスタッフに強引に買わされそうになったと文句を言われ、すっかりウィナーに疑いをいだくようになった者もいた。

そうした不満や疑念の声に対して石田は甘えや言い訳だと厳しく抑え込んだ。また、長谷川江美らの売上の数字を目の前にしては不満が言いにくく、表立って言えない不満は、同じ思いを持つ者同士の間で囁かれることとなった。

不満の声はくすぶっていたものの、アートフェスタの成功によってウィナーが得た勢いは大きなものだった。メンバーもセールスを体験のなかで学んだことは貴重だと感じていた。すぐにこのイベントは1回限りではなく、毎月開催することに決まった。小松は事前の会場の手配、運営、開催後の事務手続きなどに忙しく動き回った。ミスを連発しながらではあったが、その一生懸命な姿勢には卓也も好感を持った。

暴走の予兆

ウィナーと整体院とで、卓也の毎日があわただしく過ぎていく。

2回目のアートフェスタを開催する1週間前になって石田が事務所を借りることを提案してきた。ウィナーを大きくするには事務所が必要だと主張した。確か事務所がいらないからこのビジネスモデルはいいのだ、と言っていたはずだと卓也は内心思ったが、小松ら中心スタッフたちが落ち着いて仕事ができる場所を必要としていることは確かだった。

小松と石田が中心になって物件を探し、ようやく新宿で家賃35万円の築20年の古いビルのワンフロアが借りられることになった。卓也はそんなに広い物件でなくてもいいのではと思ったが、ウィナーとアートウィナーを同居させるということと、器によって組織は成長するし、成長するなら最初から大きめのものを選んだほうがいいという石田の主張には逆らえなかった。

最初は内装にはできるだけお金をかけないようにしようと決めた。しかし、社長のデスクや応接セットなどを選んでいくうちに、やっぱりこれくらいのものでないと格好がつかない、という雰囲気になり、どんどん費用がかさんでいった。

最終的に保証金、礼金、内装費用を合わせると総額300万円になってしまった。

賃貸契約には保証人が2人必要だと言われ、社長の小松と代表取締役の卓也がなった。もちろん保証人なんて決してなりたいものではなかったが、借りている法人の代表取締役という立場上そうなるしかなかったのだ。


「うわ、これはまずいなあ」

卓也はプリンターから打ち出された整体院の月間収支表を見てため息をついた。

整体院の売上が下がっているのは分かっていたが、その下落ぶりは予想以上のものだった。

それに加えて、ウィナー関係の付き合いのための交通費や飲食代が増えたので、卓也の経済状態はますます苦しくなっていた。

問題はまだウィナーから1円も報酬をもらっていないことだった。報酬をもらえるのはいつになるのだろうか。目の前にオアシスがあるのに、なかなかたどり着けない気分だ。せっかくアランというアドバイザーと知り合えたのに、資金ができない。

「このままだと不労所得どころじゃないぞ。いつ報酬がもらえるのかちゃんと聞いておかないとな」

石田に確認しようと決めたものの、なかなかお金のことは言い出しにくいものだ。もしかしたら、石田から話してくれるのではないかと期待しつつ、ずるずると先延ばしをしてしまった。

2回目のアートフェスタが開催された。

前回と同じ会場だったが、お客さんの人数も少なく、前回ほど盛り上がらなかった。そして夜9時に石田と小松と卓也はこれから15分後に開始される全体ミーティングのための打ち合わせをしていた。

「今回のトータルの売上は320万円でした」

小松が発表する。前月に比べてやや下がったものの、それでも大きな利益を生んでいることに変わりがない。

「売上が下がった原因は？」

石田が感情のこもっていない調子で質問する。

「ええと、多分……参加するメンバーが減ったことが原因の1つかと思われます」

小松は言いづらそうだ。1回目に比べてイベントに参加するメンバーは7割ほどに減ってしまった。

イベントに参加しないだけではなく、この2ヶ月の間に数名がウィナーから辞めていった。そして、今まで仲間だった人間が辞めていくと残された者の士気も下がった。人員が減ったことに加えて士気が下がったせいで集客が減り、その分売上も下がったのだ。

「個人成績はこんな感じです」

小松は、メンバーのそれぞれが連れてきた見込み客の人数、売り上げた金額などのデータが書かれたリストを見せた。個人間で数字に大きな差がある。

「今回のトップは……また長谷川さんなんだ。すごいな」

石田は感心して言った。彼女は抜きん出た能力を持っていた。

誰がどんなことを話すかを決めたところでミーティングが始まった。

「あなたたちは、こんな結果で恥ずかしくないんですか？　これが実力なんですか⁉」

石田は厳しい顔つきで、鞭を打つように話した。そして成績のよかった人たちを表彰するときには、そうでない人を暗に批判した。

　卓也は叱咤して成績を上げさせようとする石田の方法が好きではなかった。確かにその場では頑張らなくてはと奮起するのだが、すぐにその火は消えてしまう。実際に、辞めていった者のほとんどがこの石田のやり方に反対していた。

　アートフェスタが終わって数日すると、卓也が危惧したとおりに1人また1人と辞めていった。まずいことに有能な者と年上の者から順に辞めていくのだった。そして、石田の周りには小松や中島のような従順な若者だけが集まった。

　石田はウィナーが成功を収めれば収めるほど、頑固になり、人の意見を聞き入れなくなってきているようだ。卓也はもう石田に何を言っても無駄だと感じるようになっていった。

　いつの間にかウィナーは、石田のグループと、〝反石田グループ〟とに分かれた。〝反石田グループ〟は卓也の周りに集まってきた。その中にはトップセールスの長谷川江美もいた。

　卓也は困ったことになったぞと思う反面、自分についてくれる者たちがいることに喜びと安心感を持っていた。

彼らの不満――小松は経営者としてふさわしくない、小松が代表をしているのはおかしい、アートフェスタではただのキャッチセールスをさせられているのではないかという疑い――を聞いていると確かに一理あると認めざるを得ないのだった。そして、ますます卓也は自分の中にも石田に対する反感が育っていくのを感じた。

前回と同じように、クーリングオフの通知が何通か届いた。クレームの電話もかかってきた。小松は雇われ経営者、お客さんは卓也が代表を務める会社と契約を結ぶのだ。もし何かあったら代表者の責任だ。

卓也は危険を感じた。

卓也はそれまで大きな期待をウィナーにかけていたが、前に比べると期待の風船はしぼみかけていた。

ついにマンションオーナーに？

ウィナーのイベントがひと段落し、やっと不動産見学の時間を作ることができた。

家に帰ってインターネットで中古物件を検索するためにノートパソコンを立ち上

げた。インターネットで何でも情報を収集できるので、時間のない卓也のような人間にはとても助かる。

「うわっ、1000件以上もあるのか。すごい数だな。全部は見てられないよ」

数ある中から、近場で特徴のある2つの物件を選び、不動産会社に電話をかけて見学の予約を取った。

まだ買うお金がないのに見せてもらうのはとても勇気がいる。宿題でもなければ絶対にしないだろう。

見学の当日。

約束の時間に不動産会社に到着すると、担当の40歳くらいの男性が出迎えてくれた。名刺を交換し、不動産会社の車に乗り込む。車中、さりげなくどんな仕事をしているのか、物件を持っているのかなどを質問された。

1つ目は築6年の3階建ての3世帯マンション。つまり1つの階に1世帯が入る。価格は3000万円、利回りは10パーセントで3階とも満室だ。すべて入居中ということもあり、室内を見ることはできない。エントランスや階段などの共有部だけを見た範囲ではとてもきれいで自分が住みたいとさえ思った。3階はオーナーが住んでいるとのことだった。

「これはいい！　お金があれば私が買いたいくらいですよ」

営業マンがそんなふうに言うので、卓也はお金があれば買ってしまおうかなという気になった。

2つ目は築21年の古いアパートだった。価格は3680万円。利回りは12パーセント。探した中では利回りは高いほうだが、それは満室時になったときの話で、現在では10室中6室しか入居していなかった。1人暮らし用の6畳のワンルームで、空き室の1つに入ってみたが壁や床などはひどく汚れていた。

「内装業者に入ってもらえば、数十万円できれいになりますね。そうすれば、すぐに満室になりますよ」

営業マンの言葉とは裏腹に、卓也の見たところ階段などの鉄部にはかなりの錆が出ているし、外壁にも雨染みがあり、数十万円では応急処置にしかならないと思われた。

見学を終え、不動産会社に戻ると担当者は卓也が気に入った3世帯マンションの収支計画書を見せてくれた。

「お客様が目をつけられたのはさすがだと思います。これは本当にお勧めの物件でして、年間300万円の家賃収入が見込めます。築年数もまだ6年ですから、この先20年や30年はいけますよ。本当に、お金があれば私が買いたいです」

30年もの間、300万円の不労所得が入り続けることを考えると、買いたい衝動に駆られた。

「なんと言っても、現在満室です。このあたりでは珍しい物件なのですぐに借り手が見つかります。うちは賃貸物件を案内する店舗も持っているので入居者は紹介できますよ」

「それは心強いですね」

これは運命の出会いかもしれない、と思うようになっていた。

「すでに何件か問い合わせがありますから、今週中には売れてしまうでしょうね。焦らせようと思って言っているんじゃないんですけど、私たちが見た後も他の不動産業者がお客さんをご案内したようですし」

今、あのマンションを他のお客さんが見ているのだ。ひょっとすると買われてしまうかもしれない。

卓也はどうやったら買えるかを考えた。実家を担保にして銀行からお金を借りれば少ない頭金でも購入できる。資金計画もなんとかなりそうだ。収支計画書を何度も見返した。マンションが自分のものになっているところを想像すると、居ても立ってもいられない。明日、湯沢に相談しよう。

ついにマンションのオーナーになってしまうかもしれない。

6 秘密

ビギナー病にかかる

「湯沢さん、宿題でいくつか物件を見ていたらいいのが見つかったんですよ。これ見てもらえますか？」

テーブルにマンションの収支計画書を広げて説明した。

「どうですか？　買ってしまおうかと思っているんです。どうでしょうか？」

どれどれと数字を追っていくうちに、湯沢は目を丸くし手をぶるぶると震わせた。

「……おおっ！　これはすごい！　最高の物件だ！　いや、運命の物件だよ。早く買わないと他の人に買われちゃうなあっ」

「……」

芝居がかった湯沢の様子に何かおかしいと卓也も気づいた。

「あはは、なんちゃって。すっかり、ビギナー病にやられちゃったね。今の君みたいな状態は、不動産投資を始めたばかりの人が必ずかかる病気なんだよ。実物を見て気に入って、不動産屋の作った計画書でメロメロな状態。問い合わせがたくさん来ている、とか、1週間で決めてくれなんて言われなかった？」

「え……。あ、そう言われました。何で分かるんですか？」

「不動産屋のお決まりのセールストークなんだよ」

波が引いていくように、卓也の興奮もさーっと引いていった。

大家になるということ

芝居をやめた湯沢が収支計画書の数字を指で追って説明を始めた。

「10パーセント……そもそもこの利回りは、〝表面利回り〟といって、単純に年間の家賃収入を投資金額で割ったものなんだ。家賃収入だから、店で言うと売上のことで利益じゃないんだ。それに対して、〝実質利回り〟っていうのがあって、家賃収入から固定資産税、修繕積立金、火災保険料などの経費を引いた額で投資金額を割ったものだよ。店の利益と同じで実際の儲けは実質利回りの数字になる。計算してみた？」

「……いいえ」

言われてみればごく当たり前の話だった。利益も考えずに、売上だけで商売を始めるなんて愚かすぎる。

「やったほうがいいよね。それから、不動産の利回りは自分で管理するかどうかによっても変わってくる。自分で管理すれば費用を抑えられて利益が多くなる。委託するとそれなりに管理手数料を管理会社に払うことになるね」

「できれば費用は抑えたいですね。あのー、ところで管理ってどういうことですか？」

「入居者とのやり取りってたくさんあるよね。まず、入居者との家賃交渉から始まって、毎月の家賃を滞納していたら『払ってください』と催促をする。退室するときの費用の見積もりと交渉も必要だ。それに、廊下とかエレベーターの共有部の電球が切れたら大家さんが取り替えなきゃならない。通りがかった酔っ払いが玄関のガラスを壊したり、台風でどこかが壊れたら修理しないとね。管理を任せるっていうのはそういう雑務を管理会社に任せることさ」

「そう考えると不動産を人に貸すって大変なんですね」

「大家さんは、〝大家さん業〟という仕事だよ。1つのアパートに6世帯とか10世帯とか入っていたらかなり時間が取られる。精神的なストレスが多い仕事だよね。もし大家さん業をするとなると不労所得ではなく、確実に少労働所得になる。普通の仕事よりは労働は少ないという感じかな」

「管理を任せられたらいいですけど、整体の仕事をやりながら大家さん業はできそうもありませんね」

「それからまだこの収支計画書には考えられていない問題があるよ。計画書では20年間ずっと同じ家賃で計算しているだろう。20年後も同じ家賃なんてことってあると思うかい？　家賃は新築からだんだんと下がってくるのが普通だよ。それにずっと満室っていうこともないしね」

「で、でも見たときは満室でしたよ。空室になってもすぐに借り手は見つかるって」

「あははは、だからさ、不動産屋はそういうふうに言うものなんだって。口で言っても紙に書いて保証してくるわけじゃないだろう？」

「ええ、たぶん」

冷静になると、3階はオーナーが住んでいたことを思い出した。きっとマンションが売れたら出ていくだろう。

「利益を計算する実質利回りの計画書を作らなければ絶対にだめだ。古くなっても高い家賃を取るためにはできるだけ最初の状態をキープしなければならないし、修繕も必要になる。そういった将来の積立金を計画の中に入れておいたほうがより正確になるね。表面利回りだけ見ているとね、数年後に入居者が退室すると家賃収入が減って、お金を生み出す資産のはずが借り入れのレバレッジが逆に働いて、お金が吸い取られる負債に変わってしまうよ」

卓也は納得した。言われてみれば、不動産の計画書はビジネスの経営計画を立てるのとまったく同じなのだ。仕入れて〝販売する〟のと、仕入れて〝貸す〟という違いだけだ。売上の数字だけを見て興奮していた自分の愚かさに気づいた。

不動産投資のメリットとデメリット

「投資不動産を買うときには、まず地域を選ぶことから始めるんだ。日本の人口は年々減ってきているね。ということはお客さんが減っているということでしょ。日本という国全体で言えば、不動産投資を成功させるのは比較的難しいマーケットなんだよ。でも地域によっては増えているところもある。そこを選ばないと成功しないだろうね」

「どうやったら調べられるんですか」

「いくつか方法はあるけど、現地の不動産屋に行って空き物件がどれくらいあるか調べるのが確実だね。周辺の家賃相場も分かるし。自分の足で周辺を回ってみるのも大切だ。雰囲気とか他の物件に空き部屋がどのくらいあるか感覚で分かるしね」

「よく、アパートとかマンションに空室ありって看板とかが出ていますね。そういうことをしなくちゃいけないんですね。考えたら当たり前の話だなあ。それにしても、そういう調査をしているとすごく手間がかかりますね」

「そう。不動産投資は事業なんだよ。整体院を出すのと一緒だよ。店を出すときには立地条件とか競合とか駅からどのくらいかとか、人通りなんかを念入りに調べただろう？　不動産投資も儲けを出そうとするなら同じ手間をかけなくてはいけない」

「うーん、そうなると時間が自由な人でないと難しい、ということになりますね」

「そうだね。少なくとも半年くらいは勉強しながら実際に物件を20件くらい見てみて、それから投資をしたほうがいい。問題は時間じゃなくて、遊びに行かずに不動産を見に行く気になるかっていうことだね。週1日休みがあれば年間で50日はあるんだから。もし面白さを感じないなら不動産投資にはあまり向いていないかもね。でも、たくさん見て回っているうちに面白いと思うようになることもあるよ。自分の物件に入居者が入って家賃が口座に振り込まれると嬉しいしね」

卓也は毎週の休みを不動産めぐりと調査に費やすことを想像して気が重くなった。今はいいかもしれないが、恋人ができたらまた遊ぶ時間がなくなってしまう。

「とりあえず、実質利回りを計算してみなよ」

湯沢に促されて分かる範囲で計算してみた。

買った直後にオーナーが出ていくことを想定すると、しばらくのあいだ家賃収入は3分の2に減ってしまう。利回りはそれだけで6・6パーセントに下がる。

卓也は少ない頭金を想定していたので、借り入れの比率が多くなりその分だけ全体の利回りも下がる。あれよあれよと言う間に実質利回りは減ってしまった。

「実質利回りを計算すると、不動産は投資信託に比べて利回りが随分低いですね。不動産にはメリットがないように思うんですけど」

「利回りだけ比べると確かにそうだね。でも投資信託にはない魅力もあるよ。不動産投資のメリットは、レバレッジと節税効果にあるんだ」

「レバレッジと節税効果ですか。レバレッジは何度か出てきていますね」

「レバレッジは〝てこ〟という意味だったね。少ない元手でも、借り入れを使って大きな投資ができる。そのおかげで儲けが大きくなる、という不労所得の8番目のルール。たとえば、元手が500万円だとしよう。不動産の実質利回りが5パーセント、投資信託は10パーセントになったとする。投資信託は自分が持っているお金の範囲でしか買えないから、1年後には50万円のリターンだね。一方、不動産はそれ自体が担保になるから銀行がお金を貸してくれるんだ。500万円を頭金にして4500万円を借り入れることができたら投資額は5000万円になる。すると、同じ元手で投資信託の5倍にあたる250万円のリターンが得られる」

「なるほど！　これが不動産のレバレッジのメリットなんですね。借り入れってしたほうがいいんですね！」

「でもね、このレバレッジはマイナスにも作用することを忘れてはいけないよ。何度も言うけど、計画どおりに収入が得られなくても、銀行には借り入れのときに決めた金額を返済しなければならない。だから家賃収入が十分でないと他の収入や貯金を返済に回さなければならないということになる」

「それは痛いですね」

「ものすごく痛いさ。それから、私たちみたいな自営業者はサラリーマンよりも銀行からお金を借りにくいんだよ。サラリーマンは給料が安定しているから、銀行がお金を貸してくれやすい。私たちのような不安定な職業だと、物件の担保価値よりも多くは借りられないことも多いね」

「不動産投資は借り入れの面でサラリーマンのほうが有利なんですね。悔しいなあ。節税効果はどんなことでしょうか」

「減価償却という計算によって不動産購入費を一定の計算方法で年々経費に算入できる。その分、利益を減らして税金を抑えることができるわけ。節税は大切だからね。投資信託は経費にはできないので税金が減らせない」

「そうか、不動産投資にはメリットがたくさんあるんですね」

「逆に不動産投資のデメリットは、一番目には複利の力が使えないということだよね。そして、さっきも言ったけど借り入れによるレバレッジのリスク。それから、個性が物件ごとに違うので同じものをいくつも購入することができないから、投資しようと思ったら毎回時間をかけて調査しなければならない。それに対して投資信託は追加して買えるタイプのものならずっと同じものに追加して投資を続けることができる。また、レバレッジがないためにどんなに値が下がっても、マイナスになることはない」

奴隷のように感じる

不動産投資についてひと通りのレクチャーが終わったので休憩を入れた。卓也は最近感じていることを湯沢に話した。

「不労所得について勉強すればするほど、整体院のほうが憂鬱でたまらくなってしまって、なんだか、せこせこ働いている自分がまるで奴隷みたいに感じるんですよ」

「君は仕事をしたくないんだね」

「もちろんです！」

何気なく発した言葉が湯沢のアンテナに引っかかったようだ。湯沢は卓也の目をじっと見て言った。

「仕事ができるってとっても幸せなことなんだよ」

そう言われてもやはり働かないほうがずっといいと思えてならなかった。

「確かに楽しいこともありますね。でも、できれば仕事なんてしたくないって思うのが普通じゃないでしょうか」

「ふんふん。君がそういう気持ちになるのも分かるけどね。そうだ。うちの妻を紹介しよう」

湯沢は卓也を家の奥へと案内した。そこは卓也が一度も入ったことがない部屋だった。


屋敷の一番奥の部屋に入った。

明るい12畳ほどの部屋の窓際に大きなベッドがあった。

脇には車椅子がたたんで置かれている。ベッドはなにやら医療器具がついた特別なものらしかった。

その上に痩せた老婆が上体を起こして寝ていた。しかし、よく見ると老婆ではなくまだ若かった。とても痩せているので歳老いて見えたのだ。

「卓也君、妻の雅代だよ」

湯沢は寝たきりの妻に卓也を優しく紹介した。奥さんはうなずきもしなかった。

湯沢が卓也のためにベッドの脇にイスを用意してくれた。腰を下ろすとちょうど奥さんと目が合った。あまりにも力のない眼だった。

「お世話になっています。泉卓也と申します。お邪魔してしまってすみません」

卓也は戸惑いを表に出さないように気をつけた。こんなときは何と言っていいものか分からない。

雅代はまったくの無表情で卓也を見つめていた。口はわずかに開いたままで何も言わない。その顔つきから普通の状態ではないことを感じた。

「驚かせてしまったね。ああ、いいんだよ。妻は若年性アルツハイマーなんだ。今はこうしてベッドにほとんど寝ている。脳が萎縮する病気でね。普通ならゆっくり進行するものなんだけど、若年性のものは進行が早いんだよ。

今はほとんど言葉を話せなくなってしまったけど、少し前までは家族にご飯を作ってあげたいと言っていたんだ。家も自分で掃除したいし、こんな体になるとそういうことができるのが、どれだけありがたいことなのか分かったって。それに外でパートでもいいから働きたいって言っていた」

湯沢は反応のない妻の手を握りながら続けた。眼差しには愛情がこもっていた。

「妻はだんだんと自分の理性が失われていくのを恐れていた。家族や社会の役に立っていないことを申し訳なく感じるといってね。みんなは会社で働いたり、家族のために家事をしたりしているのに、自分だけは人のお世話になっている。これから自分ではどんどん何もできなくなることを知ると、ますます働きたくなるそうだ」

湯沢が妻の細い手を優しくさする姿を見て、卓也はショックでただうなずいて聞くことしかできなかった。

湯沢とは4年も付き合いがあるのにまったく知らなかった。何ひとつ不自由のない生活をしているように見えた湯沢にもこんな家庭の事情があったのだ。

澱(よど)みオーラを出す人たち

2人はリビングに戻った。

「働けないと働きたいって思うものなんだよね。病気なんかで働けない人は、働くこと自体を夢にしていることもあるでしょ。働いている人たちは、自分たちのことを夢を実現している人間、だなんて思っていないけど」

「そうですね。働けることを感謝している人は少ないと思います」

卓也は自分が寝たきりでまったく働けない状態を想像してみた。多分働きたいと思うはずだ。

そうだ、整体院を始めたころはお客さんが来てくれることが嬉しくてたまらなかった。毎日楽しく働いていたことを思い出した。

「ということは、不労所得は……なんていうのか、よくないものなんでしょうかね」

「よくないってわけじゃないよ。ただ、働けることは大きな喜びなんだってことを知ってほしいんだよ。私は今までに働かずに収入を得ている人たちを何人も見てきたけど、ただ遊んでいる人たちはたいてい澱んでくるんだよ」

「澱んでくる……のですか？」

「目がね、ぼやーんとしてくるの。澱みオーラになるんだよ。一緒にいるだけでこっちまでだるくなる」

「湯沢さんはオーラが見えるんですか？」

「いや見えないけど、その人の雰囲気からそう感じるっていうことさ」

卓也はただ働きたくないという理由だけから不労所得を手に入れたいと思っているわけではなかった。

そのもっと大もとには言葉にしがたい熱い想いがあった。

なんとかそれを湯沢に伝えようとした。

「僕は、楽をしたいっていうのも正直あるんですけど、なんていうんでしょうか、お金だけじゃなくて時間の自由も手に入れるような生き方を実現したいんです。高収入を手にしている人はたくさんいますけど、時間まで手にしている人は少ないですよね？　でもそういう生き方を自分はできるんだっていうことを証明したいんです」

「君は、不労所得を手に入れても幸せにはならないタイプだね」

「あ、ええと……どうしてですか？」

絶対にやりとげるという熱意はあるのに、それでは幸せになれないと言われてわけが分からなくなる。

「今の卓也君の感情エネルギーが問題なんだよ。きっと途中で燃え尽きてしまうだろうね。もし達成したとしてもぜんぜん幸せを感じられないはずだよ。たくさんの問題も起こるだろうし」

頭の中をかき回されているようだ。何を言われているのかぜんぜん理解できない。

「どういうことでしょうか。教えてください！」

湯沢はイタズラっぽい笑顔をした。

「そう。じゃあね……そろそろ洗わないと犬が臭いんだよね。洗ってやってくれる？」

心の声を聞く方法

卓也はプールの横のシャワーですごい勢いで犬を洗っていた。

（なんなんだ、一体？　１００万も払って犬洗いかよ！）

無性にイライラする。湯沢に自分の行く手を邪魔されたように感じていた。

犬の首のあたりをグワシグワシと洗うと、気持ちよさそうに押しつけてきた。

シャンプーを流してタオルで水気を拭いてやるころには卓也はだいぶ心が静まっていた。

そして、シャワーから解放された犬が興奮して庭中を走り回る姿を見ていると幸せなすっきりした気持ちになっていた。混乱が収まり、冷静に考えられるようになったのは、部屋の掃除をしたときと同じだった。湯沢はこれが狙いだったのだ、と気づいた。


「ご苦労さま。何か気づいた？」

リビングに戻った卓也に湯沢が尋ねた。

「さっきよりは気分が落ち着きました。掃除と同じですね。おかげさまで心が落ち着いて考えられるようになりました」

「掃除をするとね、悩んでいるときと違う脳の部分が働くから、ストレス状態から抜け出せるわけ。掃除によって違うパターンを起こしただけなんだよ」

確かにスイッチが切り替わった、そんな感じだ。

「ところでさ、卓也君は『そういう生き方を自分はできるんだっていうことを証明したい』って言っていたけど、誰に示したいの？」

「……誰なんでしょう……分かりません」

「じゃあ聞き方を変えてみよう。不労所得を手に入れて成功した姿を誰に見てほしい？」

「ええと、そうですね……前に付き合っていた恋人とそれから父親ですね。恋人には振られたんです。だから僕を振ったことを後悔させたいです」

「そうか。彼女を見返してやりたいわけだね。お父さんにはなぜ？」

「男として立派にやっているところを見せたいです」

「もし、卓也君が不労所得で生活できるようになったらお父さんはどんなふうに思うかな」

「きっと大した息子だと認めてくれるでしょう。同じ男としてとても敵わない、なんて思うんじゃないでしょうか。うちの父はサラリーマンでしたから、働かずに収入が得られるなんて全く考えられないようです。父にできなかったことを成し遂げることになるんだから、すごくやりがいを感じますね」

湯沢は卓也の顔をじっと見て何か考えているようだった。

「恋人にもお父さんにも認めてもらっていないと感じているの？」

湯沢の一言は卓也の胸をえぐった。胸の辺りがぎゅうっと押しつぶされたようで痛い。

「どうでしょうか……恋人に対してはそんな気がしますね。でも父には家も建て替えてあげたし、十分親孝行をしているから、父は僕を認めていると思います」

そう言いながら、なぜか今度は頭がぼうっとしてきた。

「君は、もっと成功して次のステージに進みたいんだよね？」

「はい」

「だったら、自分に嘘をつくのはもうやめたほうがいいよ。ちゃんと自分の心の声を聞いてあげないと、いつまでたっても同じステージをぐるぐる回るだけだから」

「……」

その言葉で、頭の中だけではなく体もだるくなった。

「心と会話するいい方法を教えてあげよう。体を通して心の声を聞く方法だよ。今、体に何かいつもと違う感覚はある？」

　卓也は体に注意を向けてじっくり探ってから答えた。

「はい。頭がぼうっとしていますが、特に肩がだるいです、とても。それに……重い感じですね」

「そうそう、いい感じだよ。そうやって体の感覚を感じてみることが大切なんだよ。じゃあね、その感覚って今日が初めて？　それとも何度か経験ある？」

「そういえば、この肩がだるい感覚はずっと前から出てきていた気がします」

「じゃあ、おなじみなんだね。今度は、『ずっとそこにいてもいいよ』って言って許可してみて」

「え？　許可しちゃうんですか。言いたくないですね」

「でも、今までもずっといたんでしょ？　だったら許可してもしなくても今までと同じだと思わない？」

「そうですね。じゃあ、やってみます」

　卓也は肩のだるさに心の中で、

「ずっとそこにいてもいいよ」

と許可を伝えた。すると重さがふわっと軽くなって緊張が解けた。

「……軽くなりましたけど、まだ……なんとなくだるい感じが残っていますね」

「だったら、自分の手を肩のところに持ってきて、それを掴み出すように体の前に出してみて」

「はい」

それぞれの肩に手を当てて、取り出すようにしてみた。

「どんなものが手に載っているように見える？」

イメージで出てきたものは、今にも雨が降りそうなどんよりした雲だった。重たくて、じめじめしていて手の感触はビリビリと電気を感じた。電気はその雲が激しく怒っているからだった。

「その雲にどうしてそこにいるのか聞いてみて」

雲に向かって尋ねる。するとおどろく答えが帰ってきた。

「認めたら、雨が降ってしまうって言っています」

「雨って何だろうね？」

「……あ、涙です」

なぜかとても悲しくなってきた。本当に目には涙がにじんできた。

「いいよ。湧き起こった感情を味わってね」

「すごく悲しいです……はあ」

悲しみが過ぎ去ってしまうと、今度は頭がすっきりして、今まで分からなかった答えがひらめいた。

「そうか。分かりました。お父さんに認められていないって思っているけど、それを認めたら耐え切れないくらい辛くなってしまうんです。だから自分を守るために悲しみを抑えていたんです」

言葉にしているうちにどんどん自分のことが分かってきた。

自分から幽体離脱をして、自分を第三者として観察しているようだ。

今まで自分がどんなことをしていたのか、その意味がクリアに理解できた。

「僕、両親のために家も建て替えました。でも、まだ自分は十分に認められていないと思っていたんですね。だから、父ができなかったことを成し遂げて、価値を見せつけたいと思っていたんだ。不労所得を目指していたのはサラリーマンの父親に対する復讐のためだったんだ。うわー、ショックだなあ」

大きな大きな気づきだった。自分の行動の本当の理由にショックを受けながらも、自由で爽快な気分になってきた。

「ついでに分かったことなんですけど……恋人に見せつけたいっていう理由も、自分は男として十分じゃないと思っていたからですね。他の男性にはできないすごいことをやることで復讐してやるっていう気持ちでした」

言葉にしていて自分で背筋が寒くなった。

「誰でも親に対する復讐心を持っているものなんだ。復讐を成し遂げても苦い思いしか残らないものでしょ？　でもね、ほとんどの人は一生気づかずにそれを続けているよ。何かをするときに、認めてくれなかったじゃないか、愛してくれなかったじゃないか、という復讐心を動機にしてそれを始めてしまうと、手に入れるまでのプロセスもイライラしたり恐怖を感じたりと苦しくなるだろうし、将来せっかく手に入れても嬉しく思わないだろうね」

「……はい、そのとおりだと思います」

「結局ね、成功は感情を拡大するものなんだね。喜びから成功を目指せば喜びが大きくなるし、恐れから生まれる怒りや恐怖から成功を目指せばその感情が大きくなって苦痛が続くんだ」

湯沢の秘密

「それにしても湯沢さん、一体、あれは何ですか？　すごいですね」

「あれは心理セラピーの1つだよ。そういうことを勉強した時期があってね」

「そうなんですか」

「10年くらい前の私はビジネスにばかり目を向けていて、家にほとんど帰らなかったんだよ。ビジネスも急成長していたし、出店するとなると24時間態勢で準備にかかるからね。それが1年に2店3店と続くと、ホテル住まいになって家に帰れなくなってしまうんだよ。若いスタッフたちとわいわいやって楽しいしさ。

　そんなことを何年か続けていたら、妻がうつ病になってしまってね。1人で2人の子供を育てていたからストレスが溜まっていたんだな。あいつの実家は地方で、こっちにはほとんど知り合いがいないんだ。

　君にだから打ち明けると、上の子が不登校になったとき、私はかかわりたくないと思ってしまった。母親という〝役割〟を果たせない妻に対して腹が立った。私自身は仕事を頑張って妻の希望どおりの大きな家を建ててやって、自分の〝父親としての役割〟は果たしていると思っていた。だから子供の問題は妻が責任を取るべきだと思ってしまったんだ。

それからしばらくは、妻は子供の話題を出すことはほとんどなかった。でもそれは解決したからじゃなかった。妻が悩みを全部1人で抱え込んだんだな。

それから数年して、時々、妻が物忘れをするようになって、おかしなことを言うようになった。それがサインだったんだよね。でも重大さに気づかなかった。私は商売のほうがまだまだ手を離せなくて、気づいたときには、もう病気はかなり進行していたんだ」

「そうだったんですか……」

聞いていて胸が痛くなる話だった。

「そのときになって、やっと自分がしていたことが分かったんだ。事業を拡大したり、大きな家を建てることは人生で一番大切なものではないことに、やっと気づいた。優先順位が見えなくなっていたんだよね。

君には偉そうに話したけど、私も同じなんだよ。父親に対する恨みっていうのがあってね。それで誰にも負けないくらいビジネスで成功し、尊敬され、莫大な収入を手に入れることに夢中になっていたんだ。そうすることによって、一番大きな家族の問題を見ないで済む理由を作っていたのかもしれない」

「……」

「だから君には、今のうちに気づいてほしかったんだよ。私のように、避けようがないほど問題が大きくなってから気づくよりはずっといいからね」

卓也は感謝した。

そして飾らずに自分を見せてくれる湯沢を前にも増して好きになった。

湯沢は決して完璧な人間を演じていなかった。

そんな姿を見て、卓也は自分も人から期待されている〝役割〟を演じていたことに気がついた。

「僕は〝成功者という役割〟を演じてしまっていますね。成功者らしくしていなければならないって自分を縛っている気がします」

その話の流れから、最近のウィナーのことを報告した。

アートフェスタという販売会をしているが、クレームが多く、そればかりか売上も下がっていること。

そして、その会社は卓也が代表取締役をしていること。

「それはちょっと危ない感じだね」

聞き終わった湯沢は心配そうに言った。

「やっぱりですか」

「言いにくいんだけど、石田さんの印象ってあまりよくなかったからね。彼は今何をやっているの？」

ダイエットコンサルティングと出会い系のサイトのビジネスを販売していて、メールアドレスを集めてそれを毎月売ることでリピートがあることを話した。

「出会い系サイトは別にいいんだけどさ、メールアドレスって結局のところ、スパムメールを送りつけているんでしょ？　そんなふうに何十万人に嫌な思いをさせて儲けている人は、やっぱり一緒にビジネスをやると問題を起こすよね。頭はとてもいい人だけど徳の部分が不安だね」

卓也は石田の父親との問題を話すと、湯沢は眉をひそめた。

「そうか……。私は昔、成功者から父親に恨みを持っている人とはビジネスをしてはいけないと教えられたことがあるんだ。いずれ切り捨てられるか大きな問題に巻き込まれるから、とね」

聞いていて心が重たくなる。思い当たる部分がたくさんあった。

ウィナーはいったいどうなってしまうのだろうか。複雑な気分で3回目のレクチャーは終了した。

7 崩れ落ちた理想

揺れ動く心

湯沢に教えてもらってから石田のことがよく理解できるようになった。石田は完全に父親への復讐でビジネスをしている。いずれ切り捨てられるか大きな問題に巻き込まれる……湯沢の言葉が頭から離れない。卓也は、きっと大丈夫だろう、そんなことにはならないだろうと楽観的に考えようとしていた。

しかし、第3回目のアートフェスタの売上が180万円と前回よりさらに大幅に下がったことで、卓也の心も急に離れていった。下がった理由は明らかだった。参加するメンバーが足りないのだ。声をかけても都合があるからと辞退する者が増えてきた。2回連続でトップセールスだった長谷川も仕事があるからと参加しなかった。

石田はこの事態が許せなかった。メンバーに怒りをぶつけた。石田の言葉を卓也はいたたまれない気持ちで聞いていた。そして、ウィナーから上手く抜ける方法を考えはじめていた。自分はウィナーの代表であり、アートウィナーの代表取締役にも就任してしまった。簡単に抜けることはできそうもない。

それとは反対に、辞めたくないという気持ちも少なからずあった。今までウィナーの活動のためにかけたお金と労力のことを考えると、ここで辞めたらもったいないと思うのだった。それは、買った株が低迷しているのに損を恐れて売れないときの心理と同じだった。

(今までの報酬をもらって、タイミングを見て離れたいって言おう)

卓也は次のアートフェスタが開催されたときに言い出そうと考えた。ざっと計算すると今までのイベントで400万くらいの利益が出ているはずだ。半分は無理にしても100万くらいはもらえるだろう。儲けを目の前にして辞めるとは言い出せない弱さが卓也にはあった。

そんな卓也の胸中を知らない石田からウィナーを建て直す方策が指示された。

「卓也君、ウィナーのメンバーの2次募集をしましょう。前と同じ文章でいいのですぐに募集してください」

困ったことになった。石田は当然卓也が告知するものだと思っている。だがもうこれ以上、誰かを石田の復讐の道具となっているウィナーに巻き込みたくない。そうかといってここで断ってしまったら、関係は悪くなってしまう。そうなれば今までの報酬ももらえないかもしれない。まず会って報酬について話すことにした。まだ報酬について何も決めていないのだ。

知らされなかった赤字

数日後、石田の他には誰もいないときを見計らってウィナーの事務所を訪れた。事務所はまだ引越しの片づけが終わっておらず雑然としていた。

「石田さん、お金のことで聞きたいんですけど」

「何ですか？」

ソファに腰掛ける石田は明らかに機嫌が悪かった。

「まだウィナーから受け取る報酬を決めていないですよね。小松の給料も決めないいといけないと思うんですけど」

石田は渋い顔をした。

「難しいですね。今の状態だと」

「難しいというのはどういう意味ですか？」

「組織を立ち上げたばかりだし、見通しが立っていないから」

それはもっともだ。しかし、報酬をあいまいにしておくわけにはいかない。少なくとも今までの分は受け取りたい。

「ある程度は決めておきませんか？　後で問題になると困るじゃないですか」

「決めると言ってもねえ。どういう形がいいか……」

腕を組みながらずっと床を見ている石田に、卓也は自分の考えを話した。

「普通は役員報酬という形になりますよね。決めるのはそんなに難しいことではないと思うんですけど。もし払えないなら、役員報酬の未払いで計上しないといけないですしね」

石田は顔を動かさずに、視線だけ上げて卓也を見た。その表情は鋭く険しかった。

「あなたは一体いくらほしいんですか？」

「いくらって……」

卓也がお金ばかりを目的にしていることに嫌味がこめられている。

「私だって報酬はもらっていませんよ。要求するなら、まずウィナーを成功させてからにしてほしいですね。まだ赤字なんだから」

「えっ赤字？　今月でも赤字なんですか？」

耳を疑った。卓也の計算と違う。

「設立してから何かと入り用でね。アートフェスタにもいろいろと経費がかかるんですよ。だから報酬をくれなんていう前に、早く募集をかけてもらわないと困ります」

実際いくらの損益か石田も分かっていないようだった。ただはっきりしているのは、お金はもうないということだ。

「石田さん、募集をかける前に毎月の収支くらいは出しましょう。実態が掴めていないのに、どこをどう改善したらいいのか分からないじゃないですか」

これには石田も渋々だったが賛成した。今までの収支計算書の作成を小松に指示すると約束した。卓也は後で本当に指示したのか確認しなければならないと思った。

「でも報酬がゼロっていうと、小松くんは生活が苦しくなりますよね。彼は他に仕事を持っていないし」

「ああ、あいつには月10万ほど渡しています。フルタイムで働いているのにかわいそうでしょ」

自分の知らないところでまた新しいルールが決められていた。決める前に一言知らせてほしい、と言おうとしたが、どうせまた機嫌が悪くなるに違いない。卓也は無駄だと諦めた。

卓也が恐れていることは石田とトラブルが起きて、整体院で取り入れているダイエットコンサルティングのほうにまで影響がでることだった。ダイエットコンサルティングは売上の軸の1つだ。

石田の行動を見ていると、誰かと仲が悪くなると徹底的に相手を排除しようとする。きっと自分にもそうしてくることは予想できた。今、ダイエットコンサルティングの使用を禁止されたら店は完全に成り立たなくなってしまう。

石田と会話した数日後のこと。卓也はまた事務所を訪ねた。ちゃんと石田が小松に収支計算書を作る指示をしてくれたのかを確認するためだ。

事務所では小松が1人でパソコンを使って書類をまとめているところだった。ここでは卓也は自分が代表なのにどこか部外者のような感覚があった。

「小松、頑張ってるな」

「はい、これでも経営者ですから」

さりげなく収支計算書について聞くと、今ちょうど取り掛かっているところだと言った。石田は約束を守ったのだ。ひとまずほっとした。

「石田さんとはブリリアントに行ってるの？」

小松は顔をほころばせた。女の子と話すのが大好きで、クラブに行くととても饒舌になるのだった。

「はい。石田さんとの夜のクラブ活動ですから」

くだらない冗談を飛ばし、うくくくと下品に笑った。卓也の頭にふと疑問が浮かんだ。

「ところで、そのお金ってどこから出ているの？」

「え？　一応、会社ですけど」

「本当!?　ちょっと収支計算書を見せてよ」

小松はまだできていないから見せられないと言ったが、卓也はこの会社の代表取締役として当然見る権利がある。半ば強引にディスプレイを覗き込んだ。経費の支払い先にブリリアントの名前がいくつもある。行くたびに領収書を切って経費にしているようだ。石田は1回に10万は使う。それを週3回。月12回として120万円になる。それが経費として計上されているのだ。

しかもそれだけではなかった。毎日のように細かな経費が計上されていた。よく見ていくと食事代から始まり、おそらく石田の車のガソリン代と思われるものまで経費に入れられている。結局、報酬はもらっていないと言いながら、実質会社のお金を好きに使っているのだった。

これでは利益が消えてしまうのも当然だ。卓也はカッと頭に血が上るのを感じた。

見知らぬ新しいメンバー

卓也があまり関係のない経費は入れないようにと言うと、小松は石田さんがそうしろと言っているんです、と反論した。小松がどちらの命令に従うかは明白だった。

そこへ卓也が知らない2人の若者が入ってきた。小松は2人の新メンバーを紹介した。

「お前たち泉代表と会えてラッキーだな」

「えっ！　意外にお若いんですね。背の大きい方かと思っていました。握手してください」

2人は緊張して汗ばんだ手で握手をした。彼らにとって卓也は雲の上の人物なのだ。しかし、驚いたのは卓也も同様だ。いつの間にか新しいメンバーが入っていたのだから。しかも、小松によると新しいメンバーは彼らだけではないらしい。

「募集したんですよ。次回のアートフェスタは大規模にやるんです。期間も1週間だし、会場もいい場所を押さえました。ここらで一気に儲けようってことで。だから残っているメンバーが知り合いを誘ったんです。今面接中ですけど、たぶん20名くらい新しく集まりますすよ。45人くらいの体制にはなるんじゃないでしょうか」

卓也が告知をしないので、石田が指示したらしい。卓也は面接にも声をかけられていない。

（石田さんは、僕を外す気だな。くそう）

先ほどのムカムカが倍増した。

ふと小松の顔をよく見れば目の上にあざがある。

「どうしたんだよ。そのあざ」

小松は卓也に指摘されてさっと手で覆った。

「ちょっといろいろありまして」

卓也はすぐにぴんと来た。

「もしかして、石田さんに殴られた？」

小松は首をすくめてうなずいた。ミスをして怒らせたらしい。

石田がどんなふうに小松を扱っているのか知ってはいたが、まさか暴力を振るっていたとはショックだ。しかも小松だって一応は経営を任せられている経営者だ。とても会社での出来事とは思えなかった。

卓也は事務所を出て、平常心を取り戻してから石田に電話をかけた。

「もしもし、石田さんですか？　今ですね、収支計算書を見まして、気になったことがあったものですからお電話しました」

卓也は言葉を選んで伝えた。

「石田さんは、どの範囲を経費にしていますか？」

「なんでそんなことを聞くんですか？」

声の調子から、石田が警戒したのが分かった。

「僕もウィナーの活動のためにお金を結構使っているんですけど、どの範囲までを経費にするか決めておいたほうがいいかなと。たとえば、ブリリアントの飲み代はどうしていますか？」

「いや、場合によりますよね。ウィナーの発展のためになるときもありますから、そんなときはウィナーで切っていますよ。そういうところで1対1の人間同士の関係って言うんですか、結びつきを強めるのも大切ですから」

石田の言葉数が多くなる。卓也は怖気づく自分を励ました。

「石田さん、基本的にそういうところで飲むお金は経費にするのはやめませんか。儲かっているわけじゃないし。第一、居酒屋と違って高いでしょ。いくら売上があっても足りないじゃないですか」

すぐに石田の反撃が始まった。卓也の携帯電話を握る手が汗ばむ。

「あのねえ、私は一銭も報酬をもらっていないんですよ！　仕入れの手配をしたのも私です。ウィナーは私がいなかったら始まってもいなかったでしょう？　小松はボンクラで役に立たないし！　勘弁してくださいよ。誰があいつらのやる気を高めてくれるんですか？　モチベーションを維持していくには楽しませてやることも必要なんですよ」

　怒りとともにだんだん声が大きくなってくる。卓也も感情を抑えることができなくなってきた。

「その考え方は分かりますが、だったら他のメンバーにも声をかけたほうがいいと思います。お気に入りを引き連れるだけじゃなくて。ウィナー全体の士気を高めてください。石田さんがお気に入りだけかわいがるから、他の者たちはどんどん辞めていくんです」

　腹にしまっていたことを全部言ってしまった。

　石田は卓也への不満を並べ立てて、理屈をこね始めた。応戦しあい、まるで子供の喧嘩のようになっていく。卓也は石田にウィナーを辞めてくれと言われるのかと思ったが、なぜかそれは言われなかった。

　無理やり話を切り上げて電話を切った。

電話で話しただけなのに、くたくたになっていた。もうこんなことはごめんだった。

「誰かと一緒にビジネスをやるってなんて難しいんだろう」

卓也は頭を抱えた。湯沢の言ったとおりの方向に事態は進んでいた。


「今月は思った以上にひどいな。これはまずいぞ」

卓也は整体院の収支を見てため息をもらしていた。整体院がとうとう何年ぶりかの赤字を出しそうなのだ。立て直さなければいけない。

ほどなくして、小松からメールでアートウィナーの収支計算書が送られてきた。ざっと見る限り不適切な経費は入っているものの、やはり赤字であることは変わりがないらしい。2つとも上手くいっていないことは卓也を絶望的な気持ちにさせた。


卓也は湯沢に電話をかけ、辞めようと思っていることを報告した。

すると湯沢はいいアドバイスをくれた。

「そういうときには、ただ自分は辞めたいと伝えるのではなくて、お互いの利益になるという言い方をするんだよ。このお互いの利益のことを〝ニーズの合流地点〟

と言うんだよ。どんなことにも探せば双方の利益になるポイントがあるものさ。ニーズの合流地点からものごとを伝えると、主張ではなく提案になるからね」

それから数日間、卓也は石田にどう言うか、そしてもっともいいタイミングを見計らっていた。ウィナーが上り調子のときに言えば喜んで辞めさせてくれるだろう。しかし、そのときに赤字があるなら赤字の負担の話になるだろう。沈む寸前の船なんて誰も乗っていたくないものだ。その分かれ目は次回のアートフェスタだと踏んでいた。新しくメンバーを入れたのだから人数が多い。たぶん成功するだろう。

仕事が終わってふと携帯電話をチェックすると、その石田からの留守電メッセージが残されていた。すぐに連絡をくれという。何かがあったらしい。嫌な予感がする。電話をすると石田が緊迫した声色で言った。

「あ、卓也君、ちょっと出られますか？　小松の野郎が大失態を犯しました。今すぐに来てください」

大失態

事務所のドアを開けてすぐに空気が凍りついているのを感じた。小松の姿はなく、オフィス奥の応接ソファで石田が1人タバコをふかしながら座っていた。口をぎゅっと閉ざして目を閉じている。何事か考えているようだ。電話で口論になってから初めて顔を合わせる。卓也は気まずさを感じた。

「あいつからもうすぐこっちに来るって連絡がありました」

石田は手に持った携帯を見せた。石田は卓也との口論のことよりも、小松が犯したというずっと大きな問題に心を奪われているようだった。

数分して小松が来た。まるで胃でも痛んでいるように辛そうな様子を見せていた。

「……今度のイベントなんですけど、任せていたスタッフが指示を聞いていなかったらしくて……絵が手配できてないらしいんですよ」

開催まで1週間を切っている。石田が何も言わないので、卓也が言葉をつないだ。

「どうしても間に合わないの？」

「それが、業者さんにも都合があって難しいらしいんです。もう卸さないとか怒っちゃって、まったく参っちゃいましたよ」

なんとか他のルートから商品を手配するのに必死に駆け回っていたが、委託販売をやらせてくれるところは見つからなかったらしい。

そのとき、ドンという大きな音と「痛てッ」という小松の叫び声がして卓也は飛び上がった。石田が机を蹴って重厚な机が小松のひざに当たったのだった。

「てめえ、らしい、らしいって他人事みたいに言いやがって」

もう1度机を蹴飛ばす。

「う、痛てぇ」

小松はひざを大げさにさすりながら、殴られた犬のようにおびえていた。

「重要な仕事を任されて何やってんだ。お前が人に指図するなんて早いだろう!」

「は、はい」

口を尖らせて返事をした。その態度から、まだ自分が原因だとは思っていないことが分かる。

「他人のせいにばかりしてるじゃねえか! この野郎!」

小松は何も言わずに体を揺すっていた。最悪の空気だ。次回の会場は駅前の大きなイベントホールを押さえてしまった。すでに150万を支払った。1週間を切っている。今からキャンセルしても払ったお金は1円も戻ってこない。

それだけではない。今回は雑誌に広告も打ったという。当初のメンバーにセールス力をつけさせるという目的は後回しにされているようだ。備品などのレンタル料を含めると全部で300万は消えてしまう。ウィナー最大最悪のピンチだ。事務所の今月の家賃もアートフェスタの利益がなくては払えない。

卓也はこの場の流れをなんとか問題を解決する方向に変えなければと思った。

「石田さんから業者さんに電話を入れることはできないんですか？」

「電話したけどね、もうダメだね」

「でも付き合いは古いんですよね。なんとか」

「ああ、もう奴とは縁を切りました」

「え？」

石田はあまり語りたがらなかったが、どうやらお詫びの電話をして謝ったにもかかわらず相手に受け入れられなかった。それで石田のほうから縁を切った、ということらしい。まるで子供の喧嘩ではないか。

「小松、お前が経営者の仕事を下っ端に任せるのが間違っているんだ。会社も部下も取引先もせっかく用意してやったのに全部パーにしやがって。これからどうするつもりなんだ？」

「僕にはどうしたらいいか分かりません」

逆切れしたのは石田だけではなかった。さんざん責められた小松はふてくされたような態度を取り始めた。

「お前がやる気がないなら他の奴にやらせるだけだ。どうするか考えろ」

黙っていた小松がやっと口を開いた。

「最初からアートウィナーを引き受けるのはあまり乗り気じゃなかったんですよねぇ。ちょっと時期が早いっていうか、心の準備ができていなかったし」

さすがに卓也もその言葉には怒りが燃え上がった。しかし、先に爆発したのは石田だった。

「てめえなんて死ねえ!!!」

石田が立ち上がり、小松の顔面を靴の裏でけり倒す。ぐはあっと声にならない音をのどから漏らして小松がソファから転げ落ちた。卓也にはその様子がスローモーションで見えた。

石田は仰向けに倒れた小松の胸倉をつかみ、拳で殴りつける。骨で肉を殴る鈍い音が聞こえた。石田は鉄拳を何度も振り下ろす。その度に小松は哀れな悲鳴を上げる。

「石田さん、ちょっと待って！　ちょっと！」

卓也はやっとスロー再生の世界から自由になって、殴り続けようとする石田の腕を抱えた。すると石田は意外なほどすんなりと殴るのをやめた。殴った拳をさすりながらソファに座わり、タバコに火をつけて深く吸った。

小松はビリビリにされたシャツで顔を押さえて床にうずくまっている。手の隙間から血が流れ出る。

フィーフィーと変な呼吸をしながら、よろよろとソファに座る。血は後から後から流れ出た。鼻の骨でも折ったかもしれない。

「お前が責任を取れ。会社の経営を任されていた人間として全責任を取るんだぞ」

石田の言葉に小松はうなずいた。石田はコピー用紙を1枚テーブルの上に置き、

「これに辞任状を一筆書け」と小松にペンを持たせた。

「私はアートウィナーの損害について全責任を認め辞任します。一切の損害を弁償

します」

石田が言ったとおりに小松は紙に書いていく。小松は震える手で書いていくうちに、泣いているのか、それともただ呼吸が苦しいのか、おへっおへっと嗚咽を漏らし始めた。紙にポタポタと涙が落ちてきた。泣いているらしい。

卓也はその様子をただ呆然と見ていた。辞任状はところどころに血と涙が落ちてひどいあり様だ。

「早く失せろ！」

書き終わってもいつまでもペンを持ったまま嗚咽している小松に石田が冷たく言い放つ。小松は顔を伏せたまま荷物をダンボールに詰めて、事務所の扉から出ていった。

小松の横顔は蒼白で無表情だった。卓也はぞっとした。

石田は何も言わずにタバコを立て続けに3本も吸っている。卓也は帰るに帰れなくなってしまっていた。辞めると言い出す機会も逃していた。

石田によると、先に振り込んだ会場代の150万は新しいメンバーから集めた入会金を充てたらしい。小松が実質払わなくてはいけないのは残りの150万ということになる。

「全額小松に負担させていいんでしょうかね？」

「当然でしょう？　奴じゃなかったら誰が責任を取るんですか。それにしても、新しいメンバーたちは入会金だけ払って、活動をさせてもらえないってことになる。黙っちゃいないでしょ。これは小松に土下座させるしかないなあ」

どうやら石田は小松に全責任を負わせることでこのピンチを乗り切る道を考えているようだった。

卓也は黙ってなんとか辞める方法を考えていた。できれば上手くいっているときに言い出したかったが今となってはその望みはない。しかし、小松に対する仕打ちを目の当たりにして、今ここで言わなければもっと大きな問題に巻き込まれる気がした。

「石田さん、僕からの提案なんですけど」

「はい？」

単刀直入に結論から切り出した。

「ウィナーを一旦休止しませんか？」

石田がうーんとうなって視線をそらした。思ったような反発はないようだ。卓也は続ける。

「これほど大きな赤字を出して、この後すぐに次のプランが動いていて、売上が見込めるならいいんですけど、ここから準備してとなると時間がかかります。それに、ウィナーは実質石田さんの組織です。僕は必要ないように思うんです。今僕のところには石田さんに賛成していないメンバーが来ています。ここは一度解散して、石田さんに信頼を寄せているメンバーだけでやり直したほうが上手くいくように思います。石田さんもストレスがないでしょうし、ウィナーのメンバーもこのまま賛成している人たちと、反対している人たちが思いを引きずって続けるよりずっと幸せだと思います。僕も正直に言って代表なんて地位は荷が重いんです。石田さんが1人でやってくれたほうが嬉しい」

湯沢が教えてくれたニーズの合流地点を強調した快心のスピーチだった。卓也は息を詰めて石田の反応を待った。

「卓也君の言うとおりかもしれない。ここで区切りをつけるというのも1つの手ですね。前向きに検討しましょう。ただ処理すべき問題も多いので考えさせてください」

卓也は気づかれないようにゆっくりと胸の中の空気を吐き出した。

保身

事務所を出て湯沢に報告するために電話した。

「ああそう。辞められそうならよかったね。でもまだ終わったと思うのは早いよ」

いくつかの注意点をもらった。もし金銭的な問題で話がまとまらないようなら弁護士に任せること。面倒くさいことを全部きれいに片づけてうやむやにしておかないこと。そのためにやるべきことをリストにして先延ばしにしない。人は勝手に決められると反感を持つが、相談されれば協力しようという姿勢になるので、全体に知らせる前に根回しをすること。

「それから、人の善意を当てにしてはいけない。会社や組織の死に際にはほとんどの人が保身に走ることを知っておいたほうがいい」

「保身とはどういうことでしょうか」

「できるだけ責任を逃れようと考えるっていうことだよ」

ウィナーという船からみんなが逃げ出す姿を想像した。

「みんなが保身を図ろうとするのか。嫌ですね」

「取るべき責任は取る。しかし、取らなくてもいい責任まで全部背負って〝いい人〟を演じる必要もない。ビジネスは終わらせ方が難しいんだ。多くの人が君の言動を見ていることを忘れないようにね」

卓也は家に帰って、何度もため息をつきながら、これからするべきことを紙に書き出した。みんなの期待に応えられなかった自分が情けない。

まずはウィナーのメンバーに終わることを報告しなければならない。

数日後、石田から返事の電話がかかってきた。卓也は石田がウィナーを続けようと言うか休止しようと言うかは分からないが、間違いなく現在の赤字の補填を求めてくるだろうと思っていた。ところがそのどちらでもなかった。

「ウィナーは卓也君の言うとおりこれで区切りをつけましょう。それで、事務所の件なんですけど、私のほうで継続して借りたいと思ってます。ウィナーは活動休止にしますが、アートウィナーは私が代表になって続けますよ。そうすれば、不動産をまた借りるときの保証金や礼金がかからないですから。赤字ですが、今回のミスを除けばそれほど大きな額ではないから、家具とかウィナー関係で買ったものを全部もらえるなら私のほうでなんとかします」

卓也は自分の耳を疑った。石田は損失のすべてを自分が負担すると言っているのだ。

現在の賃貸契約では小松と卓也が保証人になっているが、これも石田は自分と誰かに変えると言った。運は卓也を見放していなかったのだ。

本当に小松を辞めさせるのかと尋ねてみた。また前のように痛めつけるだけ痛めつけておいてからかわいがるのではないかと思っていたからだ。

「あいつは切ります。切らないと事態は収まらないでしょう。絶対に払わせてやりますよ。本人が払わないなら両親に肩代わりさせます」

石田はあくまで小松に全責任を負わせるつもりのようだ。特に入会金を払った新メンバーを納得させ、ウィナーを存続させるには今回の不祥事の責任がすべて小松にあることにしなければならない。

小松は150万円を家族やサラ金から借りるしかない。石田は恐ろしい執念の持ち主だ。とことん追いつめるだろう。しかし、小松に損失の全額を払う義務が本当にあるのだろうか。もし裁判になったらどうなるのだろうか。それよりも小松はそんな立場に追い込まれて大丈夫だろうか。卓也の脳裏に不安がよぎったが、余計なことを口にして火の粉が自分に降りかかってはたまらない。黙って石田の決定にすべて任せることにした。

反乱のナイフ

不祥事の説明とウィナーの代表の交代を告げるために緊急ミーティングが招集された。前から在籍している者に加えて新しく入ったメンバーの20人が集まった。事務所はぎゅうぎゅうだ。

根回しをしておくようにという湯沢のアドバイスに従って、前からいるメンバーにはこのミーティングの目的を石田と卓也で手分けをして知らせていた。1人ひとりに電話で伝える作業は気が重いものだったが、確かに直接電話で伝えるとほぼ全員が協力的に理解する姿勢を示してくれた。

その一方、釈然としていないのは新メンバーたちだった。お金を払ったばかりで何もしていないのに組織がいきなり立ち行かなくなるのだから。

卓也と石田はジリジリしながら小松が来るのを待っていた。小松に謝罪させることが今回の目的のすべてなのだ。

開始時間を15分も過ぎているのにまだその姿は見えなかった。狭い場所でメンバーたちを待たせるわけにはいかない。

最初に前に立ったのは卓也だった。

「重要なお知らせがあります。一部の人はすでに知っていると思いますが、ウィナーは活動を休止します。そして、アートウィナーの代表が私から、石田さんに交代します」

卓也は事情を説明した。不手際によって生じたアートフェスタが中止され、損害額は数百万円に上ることを報告した。期待に添えなかったことを素直に謝った。

次に石田がこの失敗で挫折するのではなく、生まれ変わったアートウィナーで必ず成功すると胸を張って宣言した。そして、すべての失敗の責任は小松にあり、ここにも来ていないことを厳しく批判した。ただ、それは小松の口から言わせてこそ効果のあるものだった。

予想どおり、新しいメンバーからは最初に入会金として払った8万円は返してもらえるのか、という質問が飛んだ。予定では、ここで小松が土下座でもして返せないことを謝り、石田がその代わり今後のイベントで何倍も稼ぐのだ、と檄を飛ばすはずだったのだ。ところが〝犯人〟の小松はまだ姿を見せず、石田と卓也は次々に浴びせられる質問に苦しい立場に追い込まれていた。

納得しない聴衆に向かって石田が半分怒りながら今が最高のチャンスなのだと説得しているときだった。

部屋の後ろのほうから「あ、小松だ」と言う声が聞こえた。卓也が目を向けると、入り口のドアに小松が立っていた。

卓也は心底ほっとした。これでやっと場も収まる。

小松は疲れ果てた様子だった。青白い顔は目の下の縁の部分が垂れ下がり、病気のように見える。目を見開いて無言でずんずん前に歩いてくる姿は、卓也をぞっとさせた。

卓也の横を通り過ぎ、前に立っている石田のほうへと歩いていく。卓也は瞬間的にまずいぞと体で感じた。小松が不自然に右手をポケットに入れている。そのポケットには何か入って膨らんでいる。

「小松、やっと来たか。遅いぞ」

石田が小松に謝罪の場を譲ろうとしたときだった。小松は聴衆に向かって謝るのではなく、石田にぶつかっていった。

「おうっ」

石田がうなる。その場に居合わせた全員が凍りつく。石田にいじめられた仕返しに、みんなの前で喧嘩を売っている、そんなふうに卓也には見えた。

「てめえ、この野郎」

石田がすごんだ。小松を突き飛ばすと、脇腹にナイフの柄が突き出ているのが見えた。

反射的に引き抜く。すると引き抜いたところから血がじわーっと湧き出した。手で押さえるが、赤黒い血はあとからあとから流れ出てくるのだった。すぐに恐ろしい血溜まりが床に広がった。

居合わせたものたちが我に返ったように騒然とし始める。小松は後ろの壁に倒れたまま虚ろな表情を変えずに石田を見上げていた。立っていられなくなった石田がその場に腰を降ろした。石田の顔からどんどん血の気がなくなっていく。

「ちくしょう、痛てえ」

「石田さん、大丈夫ですかっ？」

卓也は救急車を呼べと叫んだ。

石田は傷口を押さえガタガタと震えていた。卓也の見ている前でみるみる唇が紫になってきた。呼吸は浅く、石田は気持ち悪いと吐き気を訴えた。

気づくと長谷川江美が卓也の隣に来ていた。こういうときは寝かせて、ひざを立てさせたほうがいいと言った。血液が少しは脳にいくようにするためだ。石田にもうすぐ救急車が来ますなどと話しかけ続けた。

卓也は多くの者と同じくただおろおろするばかりだった。

やっと救急車が来たころには、石田は目がうつろで意識も薄れていた。

腕をさすっていた長谷川江美が、皮膚が冷たくなってきていると小声で言う。卓也は夢の中の出来事のように感じていた。やっと到着した救急車で運ばれたものの、石田は意識がなく死人のように見えた。

小松は魂が抜けたようにおとなしく、警察の車に乗せられどこかに連れていかれた。

事務所には人の体からこんなにも血が出てしまうのかというくらい大きな血の池が残された。

卓也は手脚がぶるぶると震えていた。

卓也はメンバー数人と石田が搬入された病院に向かった。

石田に緊急治療が施された。ナイフは大きなものではなかったのだが刺された箇所が悪かった。大きな血管を傷つけてしまい、さらにナイフを抜いてしまったために大量の出血が起こって出血性ショックを起こしたということだった。

卓也が待合室にいると事件の目撃者として警察官に質問をされた。警察官は小松が石田を殺そうとしていたのかと尋ねた。殺意があったのかどうかを確かめたいようだ。卓也は小松が殺すつもりまではなかったと感じていた。小松が1度しか刺していないからだ。もし本気で殺すつもりがあったら、きっと何度も刺していただろう。

石田は意識がないままだった。医師の説明によると、脳にめぐる血液が不足したために障害が残るかもしれない。病院への搬送があと一歩遅れれば命も危うかった。静脈からの出血だったことが不幸中の幸いだった。もし動脈だったらずっと出血が激しく、恐らく死に至っていただろう、ということだった。

卓也は夢の中のような感覚が続いていて、これが現実に起きている出来事だという気がしなかった。

卓也たちにできることはただ待つことだけだ。夜になったが依然として石田の意識は戻らない。家族以外は病院を後にした。

残された罪悪感

石田が目を開けたのは2日後だった。卓也が病院に行くと今はまだ家族以外は面会ができないと言われた。記憶に混乱が見られるというような話だった。

1週間ほどしてからやっと訪ねることができた。石田は卓也の姿を見つけると手を上げて挨拶した。隣には奥さんが付き添っていた。あの日は気が動転していて気づかなかったが、背が高くモデルのようにきれいな人だった。

「卓也君、心配かけてすまないね」

思いのほか元気そうだ。もしかしたら自分のことも分からないのではと卓也は心配していたのだ。

ただ、話すスピードが以前より遅いことに気づいた。

「あれはどうしようかと思っていてね。あれだよ……ええと一緒に作った……あの会社」

あれ、とはアートウィナーのことだった。どうやら言葉もすぐに出てこないらしく、話すのに苦労していた。卓也は少なからずショックを受けていた。あれほど言葉を巧みに操る石田を知っていたので、言葉に澱んでしまう今の姿は痛々しかった。

「しばらくは無理じゃないですか。手続きは僕がやりますから、石田さんはゆっくり休んでいてください」

「そうだね、……すまないね」

そして、しばらく話をしていると石田はまた重要なことを思い出したようだ。

「あ、そういえば、あれはどうしたの？」

またアートウィナーのことを卓也に聞いた。先ほど会話したことを忘れていたのだ。卓也の目の前にいるのは、あの恐ろしく頭の回転が早い石田ではなかった。話し方がゆっくりで物忘れがひどい老人と同じだ。卓也は動揺を隠すのに精一杯だった。

病室を後にすると見送りをしてくれた奥さんが教えてくれた。

「驚かせてしまったと思いますが、短期の記憶障害というのが起きていまして……。事件の前のことはちゃんと覚えているんですけど、5分くらい前のことを忘れてしまうみたいなんです」

卓也は何も言えなかった。数日で退院できるものの、リハビリを続けなければならないらしい。しかし、完全に元に戻るかは分からないという。

加害者である小松は、まだ警察に拘留されているらしい。

(あの3人の中で僕だけが何の罰も受けていないじゃないか。こんなことで許されるのだろうか)

そんな罪悪感に駆られるのだった。

事務所を石田が借りるという話はもちろんどこかに行ってしまった。ウィナーは解散し、支払わなければならない請求書だけが残った。

新メンバーたちはあまりの衝撃的な事件を目撃し、入会金のことをとやかく言う者はいなかった。誰がどうみても悪いのは小松に見えたし、その小松は警察に拘留されている。

支払いや法人の清算などの事後処理は卓也が1人で行わなければならなかった。費用は一応立て替えたが、回収することはできないだろう。

卓也の個人と法人の銀行口座はすっからかんになってしまった。

すべての処理が終わったのは事件から1ヶ月後のことだった。

なき師の言葉

やっと平和が訪れると思った矢先、またしても足元を揺がせる出来事が起きた。1日の営業が終わって店で片づけをしているときのことだ。

「院長、ちょっと話があるんです」

ダイエット部門を任せている恭子からの相談だ。その表情から一瞬で何を言いたいのかを悟った。恭子は店を辞めたいと言った。詳しくは話してくれないが何か家の事情があるらしい。

「今辞められては、店が潰れてしまいます。お願いします。考え直してください」

卓也は必死で引き止めた。いや、懇願したと言ったほうが正しい。他のスタッフではダイエット部門はやっていけない。

「前に比べて最近やりがいを感じられません。院長も心ここにあらずといった感じですし。お客さんも来なくなってしまいました」

卓也の浮ついた気分がお客さんだけではなく、スタッフにも伝わっていたのだ。彼女は今日か明日に辞める、という考えではないらしい。卓也は頼むからしばらく待ってほしいとお願いをした。

悪いことは連鎖して起こるものだ。その夜は疲れていたにもかかわらず、これからのことを考えて不安で明け方まで眠れなかった。

翌朝、目が覚めると体がだるく、頭がぼうっとしている。立ち上がろうとしたが体が言うことをきかない。

「あ、イタタタ……」

今度はお腹が猛烈に痛み出し、お腹を抱えた体勢のまま動けなくなった。出勤どころではない。1人ベッドで苦しみ脂汗をかいていた。床を這って1階にいる母親に救急車を呼んでもらった。その間に整体院のスタッフに電話をして、今日は休診にすることを告げた。

医者は内臓にじんましんが出ていますねと言った。じんましんなんて皮膚にできるものだと思っていたが、ストレスによって内臓にもできることがあるのだ。入院は必要ないが、点滴を打ってゆっくり休んでいくようにと医者に言われた。

頭では平気だと思っていても、心は限界だったのだ。

病院のベッドに寝ていると、この数ヶ月の間の出来事が急に心に浮かんできては、卓也の心を痛めつけた。

ウィナーのメンバーの期待に応えることができなかったばかりか、最後には傷害事件にまで発展してしまったのだ。

小松の人生を狂わせてしまった。危うく殺人未遂になるところだったが、殺意が認められず傷害罪に落ち着いた。初犯ということもあって執行猶予がつくだろうと聞いていた。

しかし、前科がつくことには間違いがなく、これから就職するときには大きな足枷となるだろう。

そして、石田はあのような障害を背負うことになった。病院で石田の状態を知ったときのショックが生々しく思い出される。

小松に全責任を負わせるのは行きすぎだと感じていたのに、卓也は自分の罪も転嫁したいために石田を止めなかったのだ。小松だけが悪かったのではない。あれは3人の責任だ。

湯沢が言っていた言葉を思い出す。こういうときにはみなが責任逃れをするものだと。まさにそれを自分自身がしていたのだ。

（なんていうことをしてしまったんだ。ああ、僕はなんてダメな奴なんだろう）

小松と石田は大きな罰を受けている。そして、自分もたくさんのお金を失い、大切なスタッフまで失おうとしている。

（これは天罰に違いない。みんなが僕から離れていこうとしている）

今は亡きメンターの言葉を思い出した。


他の人の成功に貢献したときにもっとも大きな成功を手に入れる。

自分は他の人の成功に貢献していただろうか？　石田の金儲けのプランに乗っかって、楽にお金が入ってくればいいと思っていただけではないだろうか。参加してくれたメンバーの成功を手伝いたいという思いはどれだけあっただろうか。それどころか、代表に持ち上げられてすっかり気分がよくなっていたのではないか。

本業であった整体院についてはどうだろう。スタッフが働いてくれていることに対して感謝を忘れていたのではないか。むしろ、どこかで給料を払っているのだから働くのは当たり前。働かせてあげているような気分にさえなっていた。個人的にねぎらいの言葉を最後にかけたのはいつだろうか……思い出せない。

成功者の仮面は剥がれ落ち、粉々に砕かれた。そこにあった素顔は、身勝手な欲望に支配された醜い顔だった。

(僕は嘘つきだ。最低の人間だ)

成功者として紹介され、気分がよくなっていた自分が恥ずかしい。殺してやりたい。力が抜けた。怒りや恨めしい気持ちが消え、代わりに暗く寒々しい悲しみと絶望がやってきた。

腕の血管に刺さる点滴の管を見つめていた。透明な液体が流れ込むにつれて心も空っぽになっていくのを感じる。今まで感じたことがないような虚脱感だった。

（……このまま消えてしまいたい）

卓也は生まれて初めて生きているのが苦痛に思った。

8 新たな学び

償い

幸い病状はそれほど深刻なものではなかった。点滴を打って2時間も休んでいると回復した。あれほど苦しんだのに1日で退院することができたことに卓也自身が驚いた。ただ、体は元気になっても心は重く、ずっと憂鬱が付きまとっていた。

今朝の異変をおぼえていたのだろう、ディアはいつもよりも激しく甘えてきた。その大きな体を抱きしめて匂いをかいだ。裁かれることのない安心感に包まれる。いつでも善良な自分を信じてくれている。

店は大事をとってもう1日休んだ。医者には1週間は休むようにと勧められたが、このままではスタッフの今月の給料さえ払えない。給料が出ないならすぐに辞めてしまうだろう。

キャンセルしてしまった十数名のお客さんには卓也が謝りの電話を入れた。今や1人ひとりのお客さんが大切な存在だった。直接声で伝えたのがよかったらしく怒った人はいなかった。むしろみな無理しないでくださいなどと温かい言葉をかけてくれた。小さな心遣いにも胸が熱くなり、涙が出そうだった。そういえば、開店したばかりのころはいつもこんな気持ちだったことを思い出すのだった。

卓也が入院していた間に絶対にやらなければいけないと考えていたことがある。それはウィナーのメンバー全員に連絡をとって謝罪し、せめてもの償いとして希望者には個人相談に乗ることだった。1人ずつ電話をかけてウィナーでの出来事を謝った。ほとんどの人は気にしないでいいと言ってくれた。

個人相談を希望してきたのは半数ほど。店が終わった夜や日曜日に希望者と1時間ほど話をした。カフェで相手のやりたいことを聞き、できる範囲のアドバイスや情報を提供する。自分で独立して何かやりたいと思っている人も多く、卓也の経験者としての助言はとても喜ばれた。「最初からこういうことをしてほしかった」という声ももらった。多くのメンバーに感謝されたが、卓也はその感謝の気持ちを受け取ることは許されないという気がした。

整体院のスタッフはあれから辞めることについて何も言わなかった。だが、スタッフとの関係はぎこちないものになっていた。彼女にどう接していいのか分からなかった。自分が店をないがしろにしていたことに対しての申し訳ない気持ちと、こんな危機的な状況のときに離れようとしている彼女に腹立たしく思う両方があった。すべて自分の責任だと分かっている。だからそんなふうに恨みがましく思う自分が情けないのだった。

連日の整体院での仕事とコンサルティングによって、気力も体力もすり減らした。また倒れるかもしれない。それでもよかった。そのくらいの罰は自分にふさわしいように思えた。

人の集めかた

メンバー全員との面談を終え、卓也はやっと湯沢に連絡を取った。報告するための電話ならばいつでもできたのだが、教えられた〝責任逃れ〟を自分がしてしまったことが恥ずかしく、何かと理由をつけて後回しにしていたのだ。

電話で簡単に事件のことや石田の状態などを報告した。

湯沢は卓也の声から何かに気づいたようだ。気分転換のために近いうちに遊びにおいで、と温かく誘ってくれた。

卓也が湯沢の家を訪ねたのはその週の日曜日の午後だった。

「卓也君、痩せたね。あまり調子がよさそうではないね」

「ええ、大丈夫です。このところいろいろと大変だったもので、疲れているだけです。気にしないでください」

この数週間、休みなく睡眠時間も削って罪滅ぼしをしてきたのだ。今日は久々に昼間まで寝てかなり体力が戻ったと思ったが、まだ十分ではなかった。

「それにしても、大事件だったね。関係したみんなの暗闇が形になって出てきた感じがするなあ」

湯沢は一緒に振り返ってみようと提案した。卓也の人生の中でとても大切なことを学ぶ機会が来ているようだと言った。卓也はお願いします、と答えたものの、心の中では振り返りたくない、何も気づきたくないと思っていた。

「まず、今ウィナーを振り返ってどう思う？」

「最初から問題があったという気がしますが、まず僕は石田さんに完全に頼っていましたし、途中で問題には気づいていたのに対処しませんでした」

具体的に、契約を結んでいなかったことや、コミュニケーションが足りなかったこと、それから、経営者にふさわしくない人を経営者に選んだこと、石田の計画があまり分かっていなかったこと……など思いついたものを挙げた。あまりにも問題が多すぎて数え始めたら切りがないほどだった。いまさらながらたくさんの問題がより大きな問題を生んだことがよく分かった。

「そうだね。私が気になったことを言っていいかな。人の集め方だね」

「ああ、そうですね。言うのを忘れていました」

卓也は恥ずかしさで自分が緊張するのが分かった。一番触れてほしくなかった部分だったのだ。

「人を恐れの感情でコントロールしようとするのは、後で痛い目に遭うだけなんだよね。洗脳の方法って知ってる？　最初に相手を思いっきり否定して自尊心を粉々にしちゃうの。相手がこれからどう生きていけばいいのか分からないという不安な状態に落とす。そうするとその人は助けてくれそうな人の言うことは何でも従うようになるんだ。でも、そういう相手の自主性を奪って、こっちの言いなりにさせてしまう方法は本当に危険なんだね。相手はこちらに尽くすようになるけど、見返りとしてこちらから何かを奪おうと考えているからね」

「……ウィナーでは完全に恐れの感情でメンバーをコントロールしていました」

「いいかい。愛は喜びを生み、恐れは苦痛を生むんだよ。ウィナーのもたらした苦痛は、恐れから生まれた行動の結果と言えるね」

その言葉があまりにも深く心に突き刺さり、思わず大きくため息をついた。

「これも覚えておいたほうがいい。成功と幸せは別の軸のものなんだ。幸せは心のステージと関係している。どんなに成功していても、その人の心のステージが高いとは限らない」

卓也はどうやって見分けたらいいのかと尋ねた。

「その人が本心から幸せかどうかだよね。共存のステージの幸せな成功者と一緒にいると、自分も素晴らしい人間だって感じさせてくれる。それに対して、競争のステージの成功者と一緒にいると、自分は取るに足らない無価値な存在だと感じさせられる」

「そういえば、よく石田さんと一緒にいると自分が無能な人間のように思えました」

「中国の有名な話で、才と徳っていう話があるんだ。能力と人徳の両方を兼ね備えた人を聖人といい、徳が才より勝っているのが君子、逆に才が徳に勝っているのが小人。この小人タイプには気をつけないといけないよ。能力が高いために、起こす問題も大きいからね」

光と影の両方を見る

「僕は石田さんとこのまま続けたら、これはまずいことになるって何度も感じました。でもそのままにしてしまったんです。不労所得を実現してくれそうだと思ったから。それに、できるだけ石田さんのいい面だけを見ようとしていたんです。そのために問題に気づいても見ないようにしていたような」

「そうか。人のいい面ばかりを見ていたんだね。大切なことを教えてあげるね。人を見るときにはありのままの姿を見るようにするといいよ」

「ありのまま……ですか」

「人には善い面も悪い面も両方ある。光と影が混在しているもの。その両方をそのまま見るんだよ。世の中はどちらかというと他人の悪い面ばかり見てしまう人のほうが多い。ところが、君のように成功者とはこうあるべきだという考えに囚われている人や、心のことやスピリチュアルなことを学び始めた人なども善い面ばかりを見ようとする傾向があるね」

「えっ？　善い面を見たほうがいいのかとばかり思っていました」

「人の善い面しか見ないのも、人の悪い面しか見ないのも、どっちもその人の一面しか見ていないという点では同じさ」

「……言われてみればそのとおりですね」

「君がどうしても人の善い面ばかりを見ようとしてしまうのは、きっと自分自身が100パーセント善良でなければいけないって思っているからじゃないかな。自分の善良な部分だけを見ようとしていない？　悪の部分とかずるい部分はあってはいけないって否定しているかもね」

卓也はガーンと頭を叩かれた気がした。言葉がでない。

「その様子だと図星みたいだね。君は〝100パーセントいい人〟になろうとしているんだよ」

卓也は混乱していた。そのとおりなのだ。というよりもここ数年間、卓也はそうなろうと努力してきたのだ。まるで今までの自分が否定され崩れてしまう気がした。湯沢の言葉を受け入れたくない、と思った。

「……ということは、いい人になってはいけないんですか？」

「成長していくことは素晴らしいことだし、私も君もそのために存在しているようなもの。でも、太陽を浴びている限り、自分の影を消すことはできないんだよ。明るい光の部分があれば、暗い影の部分も生まれる。暗い影の部分を切り離して押し込めると、逆にムクムクと肥大化してくるんだ。そうするとさ、光の部分だけを表現しているつもりでも、いつの間にか影の部分に支配されていることになる」

「影の部分に支配されるんですか……頭がぐちゃぐちゃになって来ました」

嫌だ。認めたくない。消されてしまう。

今まで成功者とはこうあるべきだという価値観を信じてきた自分の中の一部が怯えている。卓也の心の中で何か大きな変化が起きようとしていた。

「光の部分だけではなく、影の部分も自分なんだって認めてあげればいい。自分も他人もありのままを見て受け入れる。中国の清と濁の話を知っているかい？　清だけの人はいないし、濁だけの人もいない。誰でも両方を併せ持っている。そして、濁りによって清らかさはいっそう深みを増すんだよ」

卓也の胸の辺りが震えてジーンと暖かくなってきた。

「なんだか、深いですね……」

「自分を置き去りにしないようにね。自分の光の部分を認めれば、それだけ他人の光の部分が見えるようになってくるし、同じように自分の影の部分を認めて受け入れれば、それだけ他人の影の部分も見えるようになってくる。このときの影というのは決して悪ではないんだよ。傷ついた自分や他から切り離されていると思い込んでいる自分なんだ。光と影の両方を見続けていくことによって、ありのままの自分とありのままの他人の姿がだんだんと見えるようになるんだよ」

卓也は自分が光を浴びている球体だとイメージした。明るい部分と暗い部分が半分ずつある丸い玉。

「そして、ありのままの姿っていうのはね、成長したいと思っている魂そのものなんだよ。必死に生きて、この人生から学んでいるんだ。だから、影の部分も本当の姿は影ではない。影になっているだけだ」

「僕の本当の姿はなんなのですか？」

「君の本当の姿？……それは愛だよ」

知らずに卓也の頬を涙が伝う。それは理由が分からない涙だった。

「僕は、確かに石田さんのビジネスの才能には惹かれていましたが、でもかっこいいこと言うようですけど、石田さんの善良な部分を信じる、そういう存在になってあげたいって思っていたんです」

「相手の奥深くは善良だって信じてあげることは素敵なことだと思うよ。だから、石田さんは君と一緒にウィナーをやりたいって思ったんじゃないかな」

「でも石田さんの問題を起こす部分もちゃんと見ないといけなかったんだ。そうか、善い部分も悪い部分も両方見るのか……。それをしなかったせいでたくさんの人に迷惑をかけてしまいました」

「人は成長のために引き寄せあうんだよね。自分の奥に隠している問題を分かりやすい形に出すために、最適な人と結びつくんだよ」

ずるいところ

「僕は何度も失敗して、その度に人に迷惑をかけてしまいます。そんな自分が嫌になります」

「悩める若者よ。迷惑をかけない生き方などできるわけがないぞ」

湯沢の言い方に卓也は笑ってしまった。

「そんなものですかね」

「何もしないでいればできるかもしれないけどね。新しい挑戦をすれば、嫌でも失敗はするものさ。他人を巻き込んでいれば、その人に迷惑をかけることになる。だいたい、普通に生きていたって人に迷惑をかけっぱなしだよ。迷惑はお互いさまなんじゃないの？　君だって赤ちゃんのころから両親に迷惑をかけて大きくなったはずだよ」

「確かに、そうですね」

「そうだよ。ビジネスだって、失敗したら社員にも、お客さんにも迷惑をかけるしね。うちだって店が1つ潰れると困る人がたくさんいるよ。だからこそ、挑戦するときには、結果を予想して、問題に対してはできる限りの手を打つんだ。それでも経験不足や未熟さからくる失敗は仕方がない。上手くいかなくて迷惑をかけてしまったら、素直にごめんなさいって謝るしかないよね」

「確かに、そのときには謝るしかないですね。……気が楽になりました。ありがとうございます」

そんな卓也を見ながら湯沢がしみじみと言った。

「君はなんていうか、正直で素直な人だね。ほんとうに愛される人だよ」

「いや、そんなことないんです。僕は結構ずるいところがあるんです」

卓也は慌てて否定した。卓也にはその褒め言葉はどうしても受け取れなかったのだ。

「僕はウィナーで成功者として扱われて、自分でもそう振る舞っていました。でも結局ただ上っ面を演じていただけなんです。自分の利益だけを考えていました。他人に罪を着せて、責任逃れをしたんです。そのせいで事件が起きて、石田さんはあんなことになってしまった。刺した人の人生も狂わせてしまった。恥ずかしいことに、湯沢さんから注意したほうがいいと言われたことを僕自身がしたんです。そんなずるい人間なんです」

言葉にすればするほど自分の卑劣さがはっきり分かり、湯沢に見放されても仕方がないと思った。

しかし、湯沢は卓也の予想とは違う反応をした。

「君は、そんな大きな罪悪感を抱えていたんだね。とても辛かっただろう」

「……」

優しさが心に染みて卓也は何も言えなかった。

「私が見たところでは、君にはそこまで罪悪感に苦しまなければならない理由はないように思うけどね。だって、恨みを買ったのは石田さんだし、人を刃物で刺すなんていう復讐を選んだのはその人物だ。君が指図したわけではないよね」

「ええ。確かにそうなんですけど、でもそれだけじゃないんです。この際だから白状しますが、実は整体院の経営が元に戻らなければいいなって思っていたんです」

「経営が低迷したままがよかったということ？」

「ええ……」

卓也がゆっくり言葉を選んで話すまで、湯沢は辛抱強く待ってくれていた。

「今の店は、弓池さんに投資してもらいました。亡くなってからも弓池さんの会社にはロイヤルティを払い続けています。時々、それが負担に感じるんです。だから、もし経営が立ち行かなくなれば、自然に閉店できるなあと……そんなふうに考えてしまうんです」

「そうか、閉じたいとはさすがに言えないんだね」

「そんなこと絶対に言えません。奥さんにもお世話になりすぎています」

言っていてそんな自分に嫌気がさしてくる。ロイヤルティを払い続けなくてはいけないという重荷と、かといって恩を裏切るわけにはいかないという2つの思いに挟まれて、身動きができなくなっていたのだった。

卓也は湯沢がどんな反応をするのかと恐れていた。3パーセントという小さな額だが湯沢にもロイヤルティの一部が流れているし、何よりも投資してくれた弓池と湯沢は親しい友人だった。そう考えれば、今回の一件について湯沢は最も言いたくなかった相手なのだ。今度こそ嫌われてもおかしくない。

湯沢の告白

「なるほどね。君が負担に感じる気持ちはよく分かるよ。私だって同じように感じることはあるからね」

「え？　湯沢さんもそんなふうに思うときがあるんですか？」

「もちろんあるさ。たとえば妻は今でこそ寝たきりだけど、それまでは徘徊したり暴れたり、もう大変だったんだよ。正直、死んでくれたらと何度も思ったよ」

奥の部屋で寝たきりになっている奥さんを思い浮かべた。病人の介護は大変に違いない。アルツハイマーは今のところ根本的な治療法がないといわれている。進行を緩めることしかできない。どんなに心を尽くしても全快する見込みがない。それはどれほど絶望的な思いにさせるのだろうか……。

「でもね、最近はそばに座って一緒にいると、とても幸せを感じることがあるんだ。生きていてくれてよかった、とね」

「……」

「家族を持つということはとても幸せなことなんだよね。でも、養わなければいけないという責任もある。その責任はとてつもなく大きな重荷に感じることもある。重荷と幸せは紙一重なんだよね」

湯沢がなぜこんなに優しく思いやりがあるのか分かった気がした。たくさんの苦労や痛みを経験したからこそ人の苦労や痛みを思いやれるのだ。明るく幸せにしている人ほど重荷をたくさん経験してきたのかもしれない。

卓也にも重荷の裏の幸せが垣間見えた気がした。

忘れることと許すことは別

「次の不労所得レクチャーは少し待っていただいていいですか。一番頼りになるスタッフが辞めたいと言っていまして、整体院のほうがぐちゃぐちゃで、今月はスタッフの給料も払えるかどうか。だから集中して立て直したいんです」

「もちろんいいよ。スタッフとは一度話し合ったほうがいいよ。人材はお金や情報よりも得がたいものだから」

「そのとおりですね。今日は湯沢さんとお話しさせていただいて、とてもすっきりしました。スタッフの決意は固いみたいなのでどうなるか分かりませんが、正直に気持ちを話してみます」

「それがいい。ところで、前から思っていたんだけど、前みたいに支店を出したらどうなの？」

「それがどうも、そういう気持ちになれなくて……。横領された事件がショックで、また同じようなことが起きるんじゃないかって思ってしまいます。横領されたことはいつまでも恨んでいても仕方ないので許したんですけど」

「もう思い出してムカムカしない？」

「ムカムカするので、思い出さないようにしています」

「それって許したっていうのかな」

湯沢の鋭い問いに、卓也は絶句した。

「忘れようとするのと許したっていうのは違うんじゃない？　裏切られたとき本当はどう思ったの？」

あのときの気持ちを思い出してみた。

「それはすごいショックでしたよ。彼とはときどき店が終わって遊びに行ったり、飲みに行ったり。いつも僕がおごってあげて、弟みたいに思っていました。このまずっと一緒にやっていけるって……完全に信頼していたんです……」

卓也は胸がいっぱいになってきて、何も言えなくなった。頭の中はあのときのことをありありと思い出して怒りやら恨みやらがこみ上げてきたのだ。

「もし、そこに彼がいたらなんて言いたい？」

湯沢は空いているソファを指差して言った。

「ふざけんなって言いたいです。裏切りやがってと」

「すごく怒っているんだね」

「そりゃそうですよ。完全に信じていたんですから。本当に頭に来ています。ぶっとばしてやりたいです」

言葉にしているうちに、眠っていた怒りが爆発した。

「悲しかったことはあるかな。怒りの下にはどんな悲しさがある？」

「そうですね……裏切られたことです。本当に信じていたんです……心から。ずっと一緒にやっていけると思っていたのに……。なんだか泣けてきます」

怒りを出し尽くすと、今度は猛烈に悲しくなって目に涙が滲んできた。怒りと悲しみの2つの感情を表に出すと、先ほどの激情が嘘のように心が穏やかになっていた。

「君は、自分の暗闇を切り離していたんだよ。なかったことにして、それがいろんな問題を引き寄せていたんだね」

「そうですね。自分がこんなに怒っていたなんて驚きました。すっきりしました。今、嘘みたいに気分がいいですよ」

「怒りを抑えていると意欲が感じられなくなるんだよね。そして、怒りのもっと下には悲しみがある」

「だから、悲しくなってきたんですね」

「そうそう。怒りのふたを取ったら、隠していた悲しいという感情が出てきた。許すっていうのは難しいことだよ。ちゃんと自分の心を聞いてあげないで頭だけで無理やり許すことはできない。君の心が納得しないよ」

「僕は、自分の気持ちを聞かずに頭で考えて無理やり許そうとしていたんですね。許していたんじゃなくて、なかったことにしていただけか……」

「今は許せる？」

「うーん、許せはしないですね」

湯沢は正直でいいと笑った。そして、そういうときは許せない自分を許すといい、と教えてくれた。心の中で許せない自分を許してみると、心がとても楽になった。すると、急にいろいろなことが分かり始めた。

「石田さんに惹かれていた理由が今になって分かりました。石田さんってすぐに怒るんですよ。そこが魅力的に思えたし、逆に石田さんが怒ると僕はどうしていいか分からなくなってしまう。言いなりになってしまうんです。自分にないものを自分の外に求めていたのかもしれないですね」

湯沢は石田さんが恋人でなくてよかったね、と笑った。卓也にはそれが冗談に聞こえなかった。無意識のうちに、自分が否定している部分を持っている女性を選んでいたのかもしれない、と思ったからだ。

「今日の最後に、これから数ヶ月後のイメージを思い描いてみようか」

卓也は目を閉じて、自分の望むワンシーンを思い描いてみた。それは、スタッフとも仲良くやっていて、売上が前の水準に戻っている。何人かの仲間と楽しく仕事ができている場面だった。1人で黙々と、ではなく仲間と一緒のイメージが出てきたことが意外だった。

湯沢に厚くお礼を言って、車に乗り込んだ。心の大掃除で感情が大きく揺れたからだろうか、全身クタクタだ。

「よーし、明日から経営を立て直すこと、そして支店を出すために人材を探すことの2つに集中だ！」

卓也の中で迷いがなくなり、一直線に思いをフォーカスできるようになった。すると、不思議なことが起こり始めるのだった。

9 生まれ変わる自分

チャンスは想いが運んでくる

湯沢と話をしたおかげで心の霧が晴れ、やる気が溢れてくるようだった。

すぐに辞めたいと言ってきたスタッフの恭子と話し合う時間をとった。正直にこの2年の間に自分がやってきたことがいかに間違っていたと思っているかを話した。

「ずっと赤字だったこの店をみんなで協力して黒字にしました。僕はもう一度真剣にこの店を建て直したいと思っています」

思いはすべて打ち明けた。話しているうちに、もしこれでも辞めてしまうなら仕方ないとまで思えた。卓也が熱く語る間、恭子はずっと真剣に話を聞いてくれた。

「分かりました。院長がそう思ってくれて嬉しいです。この店に残ります」

卓也は思わず手を握ってお礼を言った。こうして、なんとかぎりぎりのところで貴重な人材を留めておくことができたのだった。

店のスタッフが一丸となってお客さんに喜んでもらおうという態勢になると、店の雰囲気がガラッと変わった。古いお客さんの足も向くようになったし、新しいお客さんも今までよりも多く来てくれるようになった。

この自分の心理状態とお客さんの来店率が連動しているという事実は、何度も経験しているが毎回不思議に思う。迷いがあるときにはスタッフも離れてしまうし、なぜかお客さんも店に寄りつかなくなるのだ。

その月は、後半の追い上げによって売上は挽回したもののいくらか赤字になってしまった。スタッフには頭を下げて数日だけ給料の一部の支払いを待ってもらった。卓也の給料は出ていないことを知っているので、スタッフも協力してくれた。

興味が薄れていた整体だったが、お客さんに一生懸命に施術をしていると楽しく感じるようになってきた。お客さんのために整体の技術をもっと磨きたいと思い始めると、同業者の友人からスキルアップのセミナーに出ないかという誘いをもらった。あまりに出来すぎたタイミングの誘いに卓也は笑ってしまった。

新しい技術を学び、それをお客さんに対して使ってみる。今までは直せなかった症状が改善されるという効果を体験すると、もう何年も整体を仕事にしてきたのに、こんなに面白いものだったのかと驚くのだった。

翌月は黒字に転じた。まだまだ以前の調子は取り戻していないが、確実によい方向に向かっている。

卓也も充実した毎日を送っていた。

「ただいま」

夜、卓也が家に帰ると、いつものように父が居間でテレビを見ながら1人で飲んでいた。

「おお、お帰り。卓也も1杯飲むか？」

「じゃあ、1杯だけ」

卓也はどうしようか迷ったが、今日はなんとなく付き合うことにした。これも親孝行のうちだ。

（親父もずいぶん歳をとったなあ）

グラスに焼酎の水割りを作ってくれている父の横顔を見て、いつの間にかしわが多くなっていることに驚いた。

父はどんな人生を送ってきたのだろうかと想像した。家族を養うために仕事をしてきて、たくさん辛いこともあったはずだ。

「卓也、仕事のほうはどうなんだ？」

父は無口な人で、酔ってもあまり話すタイプではなかった。その父が珍しく質問してきた。

「うん。今まではかなり厳しかったけど、今月からだんだんよくなってるよ」

「そうか、それはよかった。……お父さんはお前が誇らしいよ。1人で頑張って大したものだと思う。うん」

父がそんなことを言ってくれたのは生まれて初めてのことだ。卓也は胸がいっぱいになった。

「そう……ありがとう。もう寝るよ。明日も早いから」

水割りを飲み干して自分の部屋に戻った。涙は見られたくなかった。

私を雇ってください

それから1週間ほど経ったある日、卓也を驚かせる出来事が起きた。

「もしもし、長谷川と申します。あ、泉代表ですか？　ご無沙汰していました。ウィナーでお世話になった長谷川江美です」

電話から聞こえてきたのは、よく通る明るい声だった。彼女の明るい笑顔が思い出された。

「おお、元気だった？」

「もちろん、元気です。代表は元気でしたか？」

「うんまあ、一時は体調も崩したけど、今は元気にやってるよ。でもさ、その代表ってやめてよ。もうウィナーはなくなったんだから。長谷川さんは今何しているの？」

友人に誘われて営業の仕事をしているのだと答えた。

「ところで、前に個人コンサルティングをされていましたよね？　遅くなったんですけど、私もお願いしたいなと思って」

卓也はもちろん喜んで応じた。

数日後、卓也の店の閉店時間に合わせてファミリーレストランで会った。4ヶ月ぶりに会った彼女は少し痩せたように見えた。

「営業ってずっと歩くでしょ。だから太る暇がないんですよ。ダイエットにはいいですね」

卓也も楽しそうな長谷川の笑い声につられて笑った。毎日が充実しているらしくきらきらと輝いている。

「僕は整体院の院長をやっているよ。ウィナーの代表とはすごいギャップだよね」

「でも、今のほうがずっと元気そうですよ。代表とかよりも、お客さんと接しているほうが向いているんじゃないですか？」

「そうかもしれない。ウィナーのときも楽しかったけど、無理していたからね」

会話はウィナーの話題になった。

「本当に、すまなかったね。迷惑かけちゃって」

卓也は謝った。

「いいえ。謝ることなんてないですよ。それまで自分で会社を立ち上げるとか、成功するとかって考えたこともなかったですから。勉強会をやってくれたじゃないですか。あれとっても役立ったし。それに、あんな事件を目の前でみることなんて普通ないですよ。なんと言ってもあの絵画販売イベントのおかげで、自分が意外にセールスに向いているんだって分かりました。だから営業の仕事についてみたんです」

「あ、本当に？」

ウィナーが役立ったと言ってもらえて本当に嬉しかった。救いの言葉だった。

「それから、個人コンサルティングを無料でするって泉さんから連絡をもらって、とても素晴らしいなって思ったんです。受けた人たちはみんな喜んでいましたよ。ウィナーは解散したんだから、会ってあげても得にはならないじゃないですか。そういうところが私、すごいなあって思うんです」

「迷惑かけた償いとして、せめて何かの役に立ちたいなって思っただけなんだよ」

江美は顔をしかめた。

「それ、少し嫌ですね」

「え、なんで？」

「だって、相手が償いのために自分と会っているなんて、嬉しくないですよ。役に立ちたいとか嬉しい気持ちで会ってくれているなら、私も嬉しいですけど」

「そうか。罪の償いで会われても嬉しくないよね」

うんうん、と笑顔でうなずいている江美がまぶしく見える。まるで卓也が勉強させてもらっているようだ。

「でも、こうしてお話しすると本当に普通の人なんですね。なんだか面白い」

「あ、そう？　自分を成功者に見せたりするのはやめたんだ。でも前とそんなに違う？」

「だってウィナーのときの泉さんって絶対に1対1で会ってくれなかったじゃないですか。なんだか雲の上の人っていう感じで近づけませんでした」

「あれは石田さんの戦略なんだよ。バラしちゃうけどさ」

「ええーっ！　そうなんですか？　なんか、すごいですね。でもあれはよくないですよ。今のほうがずっと素敵です」

そんなふうに褒められてドキドキした。

オープンに隠さずに話せるというのはとても気持ちのいいものだった。何より、江美のくるくるとよく動く目や楽しそうな表情を見ているだけで、こっちまで楽しく幸せな気持ちになる。

「あの、今日個人コンサルティングをお願いしたのは、私、いつかサロンを持ちたいって考えているんです。営業の仕事はその修業だと思っています。それで、泉さんは整体院をされているじゃないですか。私のやりたいことと近いので、いろいろと教えていただきたいなと思ったんです。見学なんかもさせてもらえたら嬉しいです」

「ああ、そうなんだ。もちろんいいよ」

自分に教えてほしいなんて言ってくれる人がまだいたのだ。卓也は自分を誇りに思う気持ちをだんだんと取り戻していった。

長谷川江美は翌日の昼間に見学に来た。彼女の行動力には驚かされる。仕事の合間だったのでわずか1時間程度だったが彼女には十分だったようだ。そして帰るときに、また卓也を驚かせることを言い出した。

「泉さん、私を雇っていただけませんか。もっと勉強したいんです」

すぐにでも来てほしい。それどころか、心の中では一緒に働けると思うと飛び上がるほど嬉しかった。

しかし、卓也は1人で決めるのではなく、スタッフの意見も聞いてみることにした。女性スタッフの意見を尊重することはとても大切だ。こういった小さな気遣いを忘れると女性との関係は悪くなることを過去に痛い経験をして学んでいた。というわけで、申し訳ないが江美には採用の返事を待ってもらった。

まず恭子に相談をすると、とてもいい人そうなのでまったく構わないと言った。卓也はほっと胸をなでおろした。もう1人のスタッフもオーケーだ。電話で採用を告げると江美は大きな声で喜んだ。その声で卓也も嬉しくなった。

「どれくらいからこっちに来れそう？　分かったら教えて」

「あ、実はですね、見学した次の日に、会社に辞めさせてくださいって言っちゃいました」

卓也は絶句した。自分は必ず採用されるものだと信じていたらしい。ただ、優秀な社員に突然辞められるのは、会社として損害が大きいので、引き継ぎの時間も含めてあと3ヶ月はいてほしいと上司に言われたそうだ。卓也としてはできればすぐにでも来てほしかったが、そうした勤め先に配慮するところこそ、彼女のいい部分でもあった。この件で彼女なら安心して雇えることが分かった。

「でも、早く終わった日は勉強しに行きますから」

江美はその言葉どおりに夕方6時半ごろに店にやってきては、勉強を兼ねて業務を手伝ってくれた。週2、3日だったが、その時間帯は会社帰りのお客さんが多く来るのでとても助かった。そして、働き始める前にはダイエットコンサルティングの仕事を覚えてしまった。覚えのよさには卓也も感心するばかりだった。

卓也は彼女が店に来る日が楽しみでならなかった。江美が店にやってくるようになって、卓也のやる気は何倍にもなっていた。

経営の状態はよくはなっているものの、なかなか前の好調な状態と同じには戻らなかった。売上というのは、下がるのはあっという間だが、以前の状態に戻すのには時間がかかる。一度離れたお客さんを呼び戻すのは並大抵の努力では難しい。来なくなったお客さんに向けてダイレクトメールを発送し、新しい整体の無料体験チケットを送るなどして少しずつ来店してもらうようにした。そうした地道な努力を続けた結果、ゆっくりとだがお客さんが戻ってきた。卓也はお客さんをないがしろにしていたことを改めて深く反省した。お客さんは自分のビジネスを支えてくれる大切な人たちだ。生活のすべてを支えてくれているのだ。これからは2度と同じ間違いはしないと固く誓った。

予期せぬ訪問者

「院長、安達さんという方から電話です」

長谷川から連絡があった次の月のことだった。卓也はまさかと思いながらスタッフから渡された受話器に出た。

「安達です。その節は大変ご迷惑をおかけいたしました。持ち出してしまったお金を返したいと思いまして……」

なんと相手は横領事件を起こした安達清志だった。

「清志なのか⁉　今、なんて言った？」

予想もしなかった相手からの想定外の申し出だ。清志は今日の夜に店に来ると言ったが、卓也は半信半疑だった。

店が終わり閉店の準備をしているところに清志はやってきた。本当に来たことに卓也は驚いていた。

紺の薄手のトレーニングウェアのようなものを着ている。以前も細身だったがさらに痩せて、やつれていた。髪は3ヶ月くらい切っていないのだろう。耳にかぶっている。

「すみませんでしたっ！」

店の入り口でいきなり土下座をした。額を床に擦りつけて何度も謝った。卓也はどう対応したらいいものか決めかねていた。とりあえず、なかなか土下座をやめない清志をソファに座らせる。

「これ、お返しします」

清志が厚みのある封筒を差し出した。中身には1万円札がぎゅうぎゅうに入っていた。

「120万円あります」

「お前、またどっかのサラ金からつまんだお金じゃないだろうな」

「ぜんぜん違います。日雇いの仕事をして稼いだお金です。サラ金への借金は全部返しました」

痩せてはいるがよく見ると心なしか肩の辺りに筋肉がついているようだ。合計すると1年ちょっとの間で220万円の大金を貯めたのだから立派といえなくもない。

「そんなこと言ってもさあ。あの後、どれだけ大変だったか分かってるの？」

「はい。ご迷惑をかけたと思っています。すみません！」

「あの店は閉じることになって200万くらい損失が出たんだよ」

清志はすみませんと言いながらただただ頭を下げ続けた。

「お前に裏切られて、こっちがどんな思いをしたのか分かってんのか!?」

この際だから、怒りやら腹立たしさやら無念さを全部言ってやろうと思った。ところが、自分で思っていたほどにはそうした感情はもう残っていなかった。

「僕のせいで出てしまった損失については、できれば働いて返させていただきたいと思っています」

「は？」

「ご迷惑をおかけした分は、恩返しをさせてください」

「お前……。〝恩返し〟じゃなくて〝罪ほろぼし〟だろう」

「ああ、つ、罪ほろぼしをさせてください！」

卓也は思案した。120万円を持ってきたことは評価できる。そして、横領事件を起こす前の3年間、清志は実によく働いていた。ざっと計算しても清志がもたらした利益はかなりの額だった。

「でもさあ、人を判断するときは、言葉じゃなくて行動で判断するんだよ」

「これからの行動を見てください。どんな条件でもかまいません」

引き下がらない清志に、こいつなかなかガッツがあるなと感心しだしていた。以前はこういう性格ではなかった。もっと大人しいお坊ちゃんだったはずだ。

「まあ、そうだな。じゃあ、見習い扱いっていうことで。さすがにもう店を全部は任せられないから。うちで副院長として働くならいいよ。損失額を天引きするという条件ならチャンスをあげるよ」

清志は、実家に住んでいるので生活費で月に最低10万円あればいいといった。残りは損失の返済に充ててほしいと。

これには卓也にも十分なメリットがある。1年ちょっとで支店の損失を取り戻せる計算になる。清志にお金を管理させなければ、卓也が心配しているようなことは起きないだろう。

「じゃあ、チャンスをあげるから。いいかい。行動で証明するんだよ。信頼を裏切ってはいけないよ」

「はい。ありがとうございます！　期待に応えられるように頑張ります」

何度も頭を下げながら清志は泣いてお礼を言った。

罪悪感コントロール

清志は精一杯よく働いた。清志の復帰によっていいことがいくつもあった。1つは、施術できる人員が倍になったことでお客さんの予約数が増え、売上も伸びた。そして、正直なところ清志の持ってきた120万円はありがたいものだった。

清志は負い目を感じているためか、笑顔を見せずに痛々しいほどの頑張りを見せていた。そのほうが卓也にとっては扱いやすく都合がよかった。

整体院の昼休みに、みんなそろって控え室でお弁当を食べていた。有給休暇を取って手伝いに来ている江美が言った。

「安達先生って、ぜんぜん楽しくなさそうですね。それじゃあ、私たちだけじゃなくてお客さんも嬉しくないですよ。こういうのはよくないですよね、院長？」

卓也がやっていたように、罪悪感から仕事に励み、自分が楽しむことを禁止することで罪の償いをしていたのだ。

「清志、そのとおりだよ。もう償いはいいから。楽しんで働こう」

江美も卓也の言葉にうなずいて賛成し、これからはもっと笑おうと言った。すると清志はお弁当の上にぽたぽたと涙をこぼしたのだった。

卓也は1人自分の未熟さを恥じていた。

罪悪感を持っている人間は扱いやすい。自分は罪悪感を利用して清志をコントロールしようとしていた。またも〝恐れ〟の感情で人を動かそうとしていたのだ。これでは湯沢が言っていた〝競争のステージの成功者〟そのものではないか。江美の言葉でそれを改めて気づかされた思いだった。これからは恐れで人を動かすのは絶対にやめよう、そう卓也は心に誓った。

それから清志は整体の仕事を楽しんでやるようになった。よく笑うようになり、その笑顔はお客さんにも伝染した。清志は真面目に働き卓也のいい片腕となっていた。

卓也も前より仕事が面白くなった。一緒に働く仲間がいるというのは、大変なことも多いがやる気にさせてくれるものだ。

江美には感謝せずにはいられない。人が背負った罪を降ろさせる天使のようだ。

卓也は江美を特別な存在に感じ始めていた。

江美がスタッフとして正式に働き始めた。整体部門は卓也と清志が担当し、ダイエット部門はパートの恭子と江美が担当する。スタッフが増え店内が狭く感じられた。卓也は大好きな仲間たちに囲まれてうれしかった。

また、毎日の売上も着実に増えている。スタッフが揃い、より多くのサービスが提供できる態勢になったことがお客さんを増やしていた。

その月は売上の最高記録を更新した。仲間内でささやかながら祝賀会を開いた。

卓也は1人ひとりに感謝した。みんなの笑顔を見て、幸せな気持ちに包まれていた。


卓也は湯沢に最近の報告をした。例のスタッフは辞めずにとてもよく働いてくれていること、横領事件を起こした本人が120万円を持って戻ってきた奇跡のような出来事、ウィナーのメンバーの1人がスタッフとして働きたいと申し出てくれたことを話した。その結果、最高の売上を記録し、すべてが不思議なくらい上手くいっていることも。

「そりゃ、すごいじゃない。よかったね」

「人生って何が起こるか分からないものですね」

「でも、それは君が起こしているんだよ。君のビジョンを実現するために宇宙が応援してくれるんだ。この前、心のブレーキを外しただろう？　そして心から望むビジョンを想い描いた。この世界には思いを助けてくれる目には見えない力が存在している」

偉大な成功を成し遂げている人たちはみな知っていることだった。そして卓也も何度かの経験からそれが本当だと感じるようになっていた。

運営する仕組みと拡大する仕組み

1店舗で出せる利益はもう限界だった。すでにスペースを目一杯使っているために、これ以上はお客さんに対応できないのだ。そろそろ支店を出す時期が来ていた。ところが、ここで1つ大きな問題がある。支店の院長を誰にするのか、ということだ。清志には任せられない。

「そうだ、ホームページで院長になりたい人を募集してみよう」

ずっと更新していなかったが、まだインターネットに残っている。そのとき、湯沢のアドバイスを思い出した。

「せっかくだからビジネスを拡大する仕組みを作ればいいんだ」

自動的に院長の候補者が集まる仕組みだ。それはホームページを使えばできる。

卓也は整体院を開業したい人向けのモデルを考え始めた。開業費用の450万円のうち自己資金として150万を用意してくれれば、店を持たせてあげる開業応援パッケージだ。利益の20パーセントを納めてもらう。段階的に減っていき、最終的に5年後には5パーセントにまで減る。6年以降は5パーセントがずっと続く。ウィナーでの失敗、支店の横領事件や自分の利益を払うことが重荷になるという体験から学んだことを盛り込んだ内容だった。

卓也が考えたこのシステムは段階的にロイヤルティが減っていくので心理的な負担はかなり少ない。その代わり、閉店にかかるリスクを経営者にすべて負担してもらうことにした。卓也の計算では5年間で十分投資額は回収できる。

大切なのは、経費の項目を明確にすることだ。利益を分配するということは、経費の範囲がはっきりしていなくては問題になる。他にも、卓也側が提供するサービスの範囲も明確にした。チラシや店舗物件を選ぶ際のアドバイス、備品の仕入先の情報、その他毎月の経営相談といったものだ。

そう、これらはウィナーで石田やメンバーとの間に起きたトラブルから学んだことだ。それぞれが違う理解をしていたり、期待が食い違ったりしては問題のもとになる。

その代わりに経営報告を義務化した。そして、入れたくはないがルールに違反した場合の罰則も明確化した。売上の計算などをごまかすことで、ロイヤルティを少なくすることができるからだ。店舗が少ないうちは信頼関係で防ぐことはできるだろうが、多くなれば卓也との関係が薄くなり、また横領事件のようなことが発生する可能性もある。横領事件で卓也が手に入れた進歩の1つは、そうした不正は起きてしまうものだということを認めたことだろう。自分の善良な部分ばかりを見ようとしていたあまり、相手も善良であるに違いないと思い込もうとしていた。

しかし、人間は弱い部分も持っているのが現実なのだ。その実態を元に経営の仕組みを考えられるようになっていた。

作ってみると、ビジネスを運営する仕組みと、それを拡大する仕組みは違うものだということがよく分かった。運営する仕組みは日常業務をマニュアル化して自分でなくても業務をこなせるようにすることだが、拡大する仕組みはその運営する仕組みをどんどん増やしていくためのものだ。こちらのほうは今までまったく考えていなかった。

卓也は完成したプランを見て、ここ数年の経験が生かされていることに満足した。今までの出来事は、これを完成させるために起きたのだとさえ思えるようになった。

「無駄じゃなかったんだ。そうだ、本当に無駄じゃなかった。すべては未来のために起こるんだ」

心からそう思えたとき涙が溢れてきた。

湯沢にもプランを見てもらうことにした。

人のレバレッジを使っていることを褒めてくれたが、問題点も指摘された。

「まず、自己資金だけど場所によって費用が変わるよね。一律に決めないほうがいいかもしれないよ」

確かに地方と都心では初期費用は大きく違う。初期投資額の55パーセントを自己資金で負担してもらう方式に変えることにした。責任感を持ってもらうために半分以上は払ってもらったほうがいいというアドバイスに従ったのだった。

「それから、利益に対してロイヤルティを計算する方式だけど、これだと費用の算入がややこしくなる。ルールを守っているかを調査しなければならないだろう。人数が増えれば問題になることは間違いないね。こういうときは、売上に設定してしまったほうが分かりやすいよ。もしくは家賃を基準にするとかね」

さすが実際に経験してきた事業家は違うものだ。ロイヤルティは売上ではなく家賃を基準に計算することにした。最初は家賃の40パーセント、毎年少しずつ比率を減らして5年目以降は6パーセントにした。計算すると最初の4年間で平均60パーセントの利回りになる。家賃を基準にすることで、初期投資額とのバランスが取れる。つまり、初期投資額は家賃によってほとんどが決まるので、お金をかけて出店したならそれなりのロイヤルティを払うことが要求されるのだ。これは投資側にとっては投資の利回りがどの地域でもほとんど同じになるというメリットがある。

卓也は資産地図の右下のPlanを書き換えた。計画がより現実的になっていくのは気分がよかった。

説明会を開催する予定を組み、ホームページにその内容を載せて募集を始めた。メールマガジンでも告知を配信する。

第1回目の説明会には十数名が集まった。場所は卓也の整体院だ。現場を見てもらうのが一番いい。

説明の後、開業を希望する者を面接した。ほとんどの人が面接を受けたが、卓也がこの人にになら投資をしてもいいと思える人物は1人だった。

高木という30代の男性で、数年前から経営者になりたいと思い、経営の本やセミナーで勉強してきたという。ウィナーに参加しようと思っていたところ、締め切られてしまい残念に思っていたと語った。高木は意欲が高く、整体の技術を身につければすぐに開業できるだろう。250万円程度になる自己資金もなんとか用意できそうだと言った。

問題は卓也のほうのお金だった。

再挑戦

1店舗を出すのに、賃貸物件の保証金も含めるとかなりの金額が必要だ。売上は回復したと言っても、雇っているスタッフが多いので人件費で利益が減ってしまい、資金がなかなか貯まらないのだ。

投資したお金は過去の実績から2年、いや1年で回収できる自信があった。

卓也はルールの8番目であるレバレッジを活用するために、銀行からお金を借りることにした。生まれて初めての借金だ。設立して以来の経営の収支表を持って銀行に相談に行くと、担保になる不動産が必要だと言われた。

卓也自身は不動産を持っていない。実家を抵当に入れるしかない。卓也は絶望的な気持ちになった。父は家を担保に入れるなど決して許してはくれないだろう。卓也が整体師になると言ったときにあまりいい顔はしなかったのだ。

そうかと言って、このままでは発展の糸口が見つからない。とうとう反対されるのを覚悟で父親に相談してみることにした。

「お父さん、また店を出すんだけど、銀行からお金を借りるんだ。それで、できればこの家を抵当に入れたいんだけどいいかな？」

　恐る恐る卓也は聞いてみた。

「抵当か。で、いくら借りるんだ？」

「200万が必要なんだ」

　反対されると思った。この家は言ってみれば家族の最後の砦。生活を支える大切な大切な家なのだ。

「そんなことなら相談してくれ。お父さんだって少しの蓄えくらい残しているよ」

　父はそう言うと、どこからか通帳を出してきた。

「お前にはこんな立派な家まで建ててもらったからな。お父さんができるのはこれくらいだけど、まあ役立ててくれ」

　通帳を開くと残高は300万ほど。父の全財産だと思われた。

「え、いいの？　ありがとう。すごく助かるよ。貸してもらうよ。次の出店は絶対に成功させるから」

　卓也は通帳を手に頭を下げた。

（よし、絶対に成功させるぞ！　絶対に成功させる！……）

何度も心の中でつぶやき決意を固くした。体の芯から熱いエネルギーが生まれるのを感じた。

高木の整体師としての研修は順調に進んでいた。研修を受けながら週に3日程度、店に来ている。

高木と相談しながら出店する店で働くことになるパートスタッフを卓也の店で募集した。開店するまで実地に研修を受けてもらうためだ。卓也の店にはエキスパートがそろっている。高木には面接のやり方を指導した。

研修と並行して高木は自分でいくつもの賃貸物件を見ていた。そしてやっと理想の物件とめぐり合えたので、卓也に見てほしいと言ってきた。実際に行ってみると文句のない場所だった。2人で一緒に家賃を交渉して、これならと思える賃料で借り受けることができた。高木は卓也に相談しながら店内の配置を考え、内装を進めていった。

高木のやる気は素晴らしく、経営者としての能力も今のところ申し分なかった。人材選びは大切だということを改めて感じた。

高木が研修を無事に卒業し、整体師の資格を得た。

横領事件で閉鎖してから、2年半ぶりに支店が立ち上がった。

最初の何ヶ月間かは卓也が応援に行くことにした。整体の施術から接客、パートスタッフとの接し方、成功するための考え方、収支計算表の作成までみっちり指導するのだ。

「清志、お前に留守を任せるからな。頼んだぞ」

卓也は清志の肩を叩いた。

「ありがとうございます。あんな事件まで起こしたのに僕に任せていただいて、なんと言っていいか分かりません。必ずご恩に報います」

清志はまた涙ぐんでいた。涙腺が緩んでしまったらしい。ただ留守を任せるだけだったのだが、清志は固く忠誠を誓った。彼の中では事件を起こした自分を信頼してもらえることがよほど大きなことのようだった。

支店のダイエット部門は恭子に任せることにした。卓也は本店で江美と2人で切り盛りすることになった。恭子を新店舗に行かせたのは、実は、江美と一緒に働きたかったからだった。

パートを前もって卓也の店で教育したのと、卓也が応援に行ったのは大正解だった。新規店につきものの混乱も少なく、また、卓也が立ち上げの大変な時期をともに経験したことで、新しい院長と信頼関係が築けたことは後の宝となった。

最初の月の収支は20万の黒字が出た。上々のスタートだ。スタッフみんなで喜びを分かち合った。

新しい店はその後も確実に売上を伸ばしていった。

想いに気づく

2店舗になりやっと大きな利益が出るようになった。卓也の収入も増やすことができた。卓也は万感の思いだった。すべての人たちに心から感謝せずにはいられなかった。

店に近いマンションを借りることにした。家で仕事をするには実家は狭すぎた。また通勤にも時間がかかる。

以前のような広いマンションではなく、手ごろな1LDKマンションを選んだ。

家賃は前に比べると半分だ。卓也の今の収入ならもっと高いところに住んでも問題はない。しかし、事業の浮き沈みを体験し、不労所得のための投資について学んだ卓也は、収入のうち毎月10万円を貯蓄し、年に120万円を投資する道を選んだ。投資信託で複利の力を使い増やすのだ。残りのお金はまた次の店を出すために貯めていった。

ウィナーの事件から半年が過ぎたころ、卓也は石田にメールで連絡を取った。ずっとその後が気になっていたのだ。返信はすぐに返ってきた。久しぶりにコーヒーでも飲んでゆっくり話そうと誘われたが、気まずさから断ってしまった。記憶障害のことを尋ねると、こんなメールが返ってきた。

「以前ほどではないですが、時々記憶がなくなってしまいます。仕事は妻のサポートが必要です。まったく頭が上がりません」

卓也は思わず頬が緩んだ。あの事件は石田にとって最悪だったわけではなさそうだ。

それからしばらくして、江美が話したいことがあるので時間をとってほしいと言って来た。卓也は辞めたいとでも言われるのではとビクビクした。

「サロンの計画を立てましたので見てもらえますか」

卓也は江美がもともとサロンを出したいという夢を持っていたことを思い出した。ひとまずほっと胸をなでおろした。

しかし、その計画書を見て卓也は思わずこんなことを言ってしまった。

「ぜんぜんダメだね。まず単価が低すぎるし、計画ではなくて自分の想いを書いているだけだ。これじゃあただの決意表明だよ」

実際、計画は実に稚拙なものだった。

「そうですか。また書き直してきます。それから、毎週水曜日に学びたい講座があるんです。その日だけ6時には店を出たいんですけどいいでしょうか」

卓也はなぜだか腹が立った。自分の都合のために店に迷惑をかけるなんて。

「んー、それはどうかな。会社帰りの人が来店する時間だからね。難しいかもしれない。でもどうしてもっていうなら仕方ないけど」

腕を組んで話しながら卓也は必要以上に意地悪になっている自分を感じた。有能な人材を手放したくないあまり、独立を妨げるようなことを言っているのだろうか。

そんな自分に気づいて自己嫌悪した。

後日、湯沢と電話で話していたときにそのことを話題にした。

「独立する人は反対されようが応援されようが、そのときになればどっちみち独立していくんだよ」

「そうですよね。それは分かっているんですけどね」

どこか煮え切らない卓也の態度に湯沢が気づいた。

「ねえ卓也君、その彼女のことさ、君は好きなんでしょ？　だから離れていってほしくないいんじゃない？」

「あ……はい。だからこんなに反対したくなるのかな」

電話の向こうで楽しそうに笑った。

「だったら、正直にそれを言ってごらんよ」

告白

仕事の後に長谷川江美を食事に誘った。店から歩いて5分ほどのところに最近できたイタリアンレストランだ。東京の有名店で腕を磨いたというシェフが作る料理は素材も味付けも最高で大満足だった。

コースの最後のデザートが運ばれてきた。卓也と江美はエスプレッソを頼んだ。

「あのさあ、今日は謝ろうと思って。この前はビジネスプランにきつく言っちゃってごめんね」

「なんで謝るんですか。そのとおりだと思いますから。気にしないでください」

「あ、そう……」

会話が途切れてしまった。これで終わりにしてはいけないと思い、卓也は話し始めた。

「本当はね。なんできつく言っちゃったのかと言うと、江美ちゃんに独立してほしくなかったんだよ。一緒に働いていたいなって思ってさ、だから講座に出たいっていう話にもいいよって言えなかったんだ」

なかなか核心の部分が言えなかった。心臓がドキドキと高鳴り、脚がムズムズする。口が勝手にその講座はどんなものだとか、自分を磨くのっていいよねとか、どうでもいい話を始めてしまう。

「ああ、ダメだ、ダメだ！　言いたいことはさ、本当は違うんだよ。きつく言っちゃったのも全部、江美ちゃんのことが好きだからなんだ」

長谷川江美はびっくりした顔で卓也を見つめていた。

「だからさ、水曜日は大丈夫だから。安心して講座に行ってきなよ」

「はい。ありがとうございます」

それ以上はとても一緒にいることができずに、卓也は江美と店を出た。もっと言い方を練習しておけばよかったと後悔した。

別れて家に向かっていると江美からメッセージが届いた。

「今日はご馳走さまでした。ありがとうございました。それから、突然でびっくりしたけど嬉しかったです」

卓也はどう受け取っていいのか分からず、短い文章を何十回も読み返した。嬉しかったです、ということは悪くはないということだろう。嬉しかったです。嬉しかったです。嬉しかったです……。

頭の中で彼女が笑顔で言っている場面を何度も空想した。

次の日、店で働く2人の間には微妙な空気が漂っていた。どちらも昨日の出来事について意識しているものの話題にするのは避けている、そんな雰囲気だ。

毎週木曜日は、店が終わると一緒にレストランでご飯を食べながらコンサルティングをしてあげる日になった。この時間は卓也にとってとても楽しいものだった。

あるとき、江美がいつも教えてもらっているお礼に自分が料理をご馳走したいと言った。料理の腕はなかなかのものだった。愛情が込められた食事はレストランのよりもずっと美味しい。その日から、コンサルティングの場所はレストランから卓也のマンションになった。

ディアも江美によくなついた。「江美ちゃんが来るよ」と言うと喜んでそのへんの靴下を咥えて、部屋中を歩き回るのだった。そして江美が来ると、卓也はディアのお散歩に出る。その間に江美が料理を作って待っている。今日はどんなメニューだろうかと想像しながらの愛犬とのお散歩は幸せだった。

江美が卓也のマンションに住むようになるのにそう時間はかからなかった。

10 成幸のカニミソ

お祝い

「わー、素敵ー。テレビに出てきそう」

湯沢の素敵な家を見て江美はしきりに感動していた。卓也は自分の家でもないのにとても誇らしかった。

「よく来たね。かわいい子じゃないか！　卓也君よかったね、やっと春が来たね。さあさあ、テーブルにどうぞ」

今日は2人で夕食に招待されたのだ。白い大理石のテーブルにはアレンジされたユリの花とクリスタルで飾られた銀の燭台が立てられている。そこに3人分のテーブルセットが用意されていた。江美はヴィスタ・アレグレのお皿だと嬉しそうに言った。食器に詳しいらしい。

「実はご報告があるんです。僕たち結婚することになりました」

付き合い始めて3ヶ月しか経っていないが、結婚は自然な流れだった。

「おめでとう！　とても嬉しいなあ。実はね、彼女を紹介したいって言うから、きっとそんなことかなと思って今日は君たち2人のために出張シェフを呼んでいるんだ。さあ、お祝いだ。フレンチは好きかな。もう少しで料理が来ると思うからちょっと待ってね」

卓也と江美は思わず目を大きくして顔を見合わせた。こんな素敵な家でシェフの料理が食べられるなんて夢のようだ。

「おかげさまで、新しい店も順調です。湯沢さんのアドバイスを参考に、ビジネスが拡大する仕組みを作りました。来月には2回目の説明会を開催するんです。そこでそろそろビジネス以外にも投資をしていこうかなと思っています。攻めと守りの両方をやろうと」

「ほほう。バランスを考えたんだね」

「まずは投資信託にしようと思っています。今は不動産の物件を見て回る時間もないので。複利が活用できるから配当がないタイプを選ぼうと思っています。長期運用できる世界の株式に投資するタイプで……」

「なんだなんだ？　彼女が隣にいるからっていいところを見せようとしているな」

卓也の狙いはすっかりお見通しだった。

それならアランに相談したほうがいいと言ってくれた。専門家の人脈を得られたことは心強かった。

「どのくらいの利回りを求めているかを決めておいたほうがいいよ。みんな高い利回りのものがあったら投資したいと考えているけど、それは間違いだ。探せばいくらでも高いものはある」

「僕みたいな素人にはいくらでもあるっていうことが信じられないんですけど」

「そうかもね。成長中のアジアや東欧あたりの株式を中心に組む投資信託なら200パーセント以上の高い利回りが出ているよ」

「に、にひゃくパーセントですか！」

苦労して整体院を出店するのがバカらしい数字だ。

「でも、ここで欲を出してはいけないんだよ。利回りが高いということはそれだけリスクも高いということだからね」

言われてそのとおりだと気づく。熱に浮かされて高い利回りの投資信託を選んでしまいそうだ。

そんな会話をしていると色とりどりの料理が運ばれてきた。福袋のようになっている蟹サラダ、ツバメの巣入りのコンソメスープ、活伊勢エビのブレゼはウニのソース（今日のメニューでは卓也の一番のお気に入りだ）。そして、牛フィレ肉のステーキとフレッシュフォアグラのポワレ、フランス産の鴨のローストが続いた。

卓也はふと湯沢の奥さんのことが気になって尋ねてみた。

「ああ、3日前から入院しているんだ。少し体調が悪くなってね。大丈夫、気にしないで」

湯沢が事情を知らない江美に妻の病気について説明した。その話題でテーブルはやや暗くなったが、チョコレートのムースとアイスクリームのデザートを食べるころには明るさが戻った。

前回ここに来たときのことを思い出す。あのときは打ちのめされて惨めな気持ちだった。そのことを考えるとこんなに幸せな時間があっていいのだろうかと思う。

卓也は改めて幸せをかみ締めていた。半年前の自分に、こんなに楽しい時間が待っていると教えてあげても、きっと信じないだろう。

サラリーマンこそ不労所得を目指すべき

「仕組みにして事業を拡大しているのは偉い。それに、手に入れたお金を投資に回そうとするのはとても賢明だよ」

「お金が手元にあると使いたくなりますね。実は新しい車がほしくて仕方がないんです。でも、今回は投資に回そうと決めました」

「偉いね。収入が増えると同じくらい稼いでいる人たちと友達になる機会が増える。彼らは高級車に乗って、大きな家を買い、贅沢な暮らしをしているだろう。君の中の虚栄心が同じくらいの生活を要求する。若いうちに楽しもう！　1回きりの人生なんだからせこせこ守りに入っても仕方がない！　と君に訴えるだろう。でも、そういう彼らに質問してごらん。ほとんどの人は未来の地図を持っていないものさ。君は自分の地図で人生を歩くんだよ」

江美にも湯沢の話を聞かせられるのが嬉しかった。というのも、江美はブランドもののバッグを買い集めるのが趣味で店が開けるほど持っていたからだ。結婚して共に人生を歩んでいくのに情報を共有しておくのはとても大切なことだ。

卓也は江美がどんなふうに湯沢の話を聞いているのかと気になって横目で見ると、目をきらきらさせて食い入るように聞き入っていた。心配する必要はなさそうだ。それどころか興味を駆られた江美は自分から湯沢に質問をした。

「私はついこの前までＯＬをしていたんですけど、会社員は不労所得を手に入れるのは難しいですよね。卓也さんのように独立して事業をしている人は収入を増やして、余ったお金を投資することができますが、サラリーマンは簡単には収入を増やせませんからね」

「そんなことないよ。サラリーマンは収入が安定しているから計画どおりに続けられるという強みもあるんだよ。経営にはいかに波があるものなのかっていうことは卓也君が知っているよね」

「はい。店を1つ閉鎖したら一気に収入が減ってしまいました。スタッフの給料を払うので精一杯で自分の収入はゼロだったときもあります」

「経営はどうしたって調子の良いときと悪いときがあるもの。だから計画どおりにはなかなかいかないんだよ。

きっとこれから先、目標としている金額を投資に回せない時期が来るだろう。

もちろん、逆に利益が出て多く投資できるときもあるだろうね。特に調子が悪いときやもっと壊滅的なダメージを受けたときには投資のモチベーションを維持するのはとても難しいよ」

「僕は投資なんて考える心の余裕がなくなってしまったのですが、そんなときも無理して投資したほうがいいのでしょうか」

「経営者にとって無理して投資できるくらいの状態は大したダメージじゃないよ。本当に苦しいときは借金に追われて、今日のご飯を食べるお金もなくなるからね。投資できない期間があるのは仕方がないことさ。回復したときにまた始めることを忘れないようにすればいいんじゃない」

これからの投資

「湯沢さんの投資ってやっぱり株を買っていらっしゃるのですか？」

江美の素朴な質問に湯沢は快く答えた。

「割合としては少ないけど何社かの株を持っているよ。売り買いはあまりしないね」

卓也は不動産や投資信託が中心なんだよと横から教えてあげた。しかし、意外なのは湯沢が株を持っている、ということだった。

「株はね、儲けるためというよりも貢献のために買っているんだ。地球環境のことを考えている会社を選んで買っている。時代は変わっているんだよ。自分のためだけの成功から地球全体のための成功にね。これから目指すべき成功ってどんなものなのかを考えていくと自然とそうなっていくんじゃないかな」

「そういえば、湯沢さんは高級車じゃないですよね」

「うん、できるだけ燃費のいい車にしているんだ。もともと車にはそんなに興味はないっていうのもあるけどね。

そもそもガソリンを消費して空気を汚す乗り物だろ？　本当は移動するなら電車

がいいけど、この辺りは田舎だから車なしの生活はちょっと難しい。せめて燃費のいいものにしているんだ」

燃費の悪いスポーツカーに乗っている卓也は肩身が狭かった。

「みんなが、自分のためだけじゃなく、他人や地球の自然と調和することを考えてビジネスをしたり、投資をしたりするようになったとき、人類の心のステージが一歩進んだということだろうね。

今は、高収入になればなるほど資源を贅沢に消費する傾向がある。乗れないほど車を持ったり、クローゼットから溢れるほど服や靴を集めたり、使いきれないほどの部屋がある家に住むのが成功者だと思われている。独占してたくさんの資源を消費することが成功になっているんだ」

「確かに、このおうちもそれほど大きいというわけではないですからね。でも正直に言って、僕は大きな家にも、高い車にもまだ憧れています」

江美もうなずいて自分もそうだと言った。

「自分の内側の深い心とつながっていくと、いずれ自然に手放すときが来るよ。それがいつなのかっていうことさ。自分から手放す日よりも、強制的にあきらめなくてはならない日のほうが近いかもね。

人間のせいで地球の生物にとって絶体絶命の危機が迫っている。いくら不労所得を手に入れても地球が住めなくなってしまったら意味がない。君たちにはこれから成功しようと考えている人たちに、調和した成功を伝えてほしいんだ」

卓也は今までの成功者のイメージが崩れるのを実感した。調和した成功こそこれからの時代の成功なのだ。そういう成功者に教えてもらえたことに感動していた。

人脈のポイント――①見えない最大効果の投資

「湯沢さんは不動産の物件をいくつも持っているようですけど、全部自分で見て回ったんですか？」

卓也は江美に負けないように質問した。

「買う前には自分で一度は見るようにしているよ。でも、実は言われるがままに買っているんだ」

それで今のところ全部が黒字経営になっているらしい。

「うわっ、いいですね。どうしたらそんな情報がやって来るようになるんでしょうか。やっぱり人脈ですか」

「そういうこと。よい情報はよい人脈から来るんだね。不動産投資に関してもアランみたいなアドバイザーがいるのさ。同じ投資家同士の横のつながりもあるしね」

「でもどうやったらそんなにいい人脈ができるんですか？」

「自分で考えてみたらいい。君が自分の大切な人脈の1人を紹介するなら、どんな相手に紹介する？」

「うーん。相手も僕にいい人脈をつなげてくれる人ですね。あとは誠実な人で、僕が恩を感じている人かな。それと、紹介された人同士がお互いにメリットがないと紹介しづらいです。起業家に湯沢さんは紹介できません。湯沢さんに申し訳ないですから」

「そう考えると分かるでしょ。人脈を紹介してほしければ、まず自分が人脈を持つことだね。最大効果の投資を覚えているかい。そう、自分自身への教育を続けて自分を磨くこと。自分を磨いてたくさんの人に会っていけば、どんどんいい人とつながることができる。

もう1つは、常に周りの人の成功を手伝うこと。出会った相手が何か困っていることや解決したいことがあるのかを気にするようにする。そして、できるだけ助けになってあげるんだ」

「相手は僕に恩を感じるわけですね。でも、なんだか見返りを期待してやってしまいそうですけど」

「1を与えて1が返ってくるなんて思ってはいけない。100の種をまけば、何年後かにたった1つが返ってくる。しかも大きく育って返ってくるのさ。

でもね、面白いのは何回もそうやって助けになってあげていると、だんだん助けること自体が楽しくなってくるんだ。ほとんどの人は、恩を売ろうとしてしまう。するとその楽しさを味わう手前で、見返りがないってやめてしまうんだよね。残念なことにさ」

「私が卓也さんを尊敬したのは、ウィナーのメンバーに、まさにそれをしていたからなんです」

江美が突然褒めたので卓也は照れ臭かった。よほど無料で個人相談に乗っていたのが印象に残っているらしい。

「熱いおふたりさんだなあ。うらやましい。そう。これは〝見えない最大効果の投資〟なんだよ。徳を積むことによって集まるのは人脈だけじゃない。いいことが起こるんだ。君たち2人が引き合ったようにね。

そして、これは世代を超えた投資でもある。世の中にはなぜか善いことが起きる家系がある。その家族は困ったときに不思議なタイミングで助けられ、なぜかチャンスが舞い込む。その先祖を調べてみたらいい。大きな善行を残した人がいるはずだ。不思議なことに、弱者のために奉仕をしたり、地域のために私財を投じたりした家の子孫は栄えるんだよ。〝見えない最大効果の投資〟とは困っている人に手を差し伸べることだ。

この資本主義の世の中では、お金がない人は見捨てられている。心の悩みを抱えている人もたくさんいる。そんな人にこそ手を差し伸べるんだよ。それこそが魂が受け取る豊かさだ。魂の富を受け取ったときの君の魂の喜びを感じてごらん」

「魂の富なんて素敵ですね」

江美が感動して目を潤ませていた。

人脈のポイント——②分かち合いの中心になる

「それから、よい人脈を築くにはもう1つコツがある。それは〝分かち合いの中心〟になること。みんながお互いに情報や経験を分かち合って、成功を助け合える場所を作ってあげるといい。

たとえば、君が中心になって不労所得の勉強会を開催するんだ。最初は1人ひとりが知っていることや調べてきたことを発表するのがいいだろうね。実践した結果を報告しあっていくうちに、ノウハウがたまってくる。多くのメンバーが集まるようになるだろう。講師を招待して話してもらうのもいい。アランなんて人前で話したがるから喜んで話すよ」

「なるほど！　そして、そこで会費をとってどばっと儲けるんですね！」

卓也のきわどい冗談に湯沢が大笑いした。江美は冗談だと気づかずにびっくりした顔をしている。人をそうやって驚かすのはなかなか気分がよかった。

「うちの生徒はジョークのセンスも学んだか。まあ、実費くらいはとったほうがいいけどね。メンバーからは儲けようとしないほうがいい。あくまで君は勉強会の代表者としてボランティアで運営をするんだ。仲間を作る場所を提供してあげるんだ。お互いの体験をシェアすれば、失敗を減らし、成功の確率を高めることができる。資産を築く上で一番難しいのは、お金を消費より先に投資に回すことだ。長い時間がかかるから自分1人で続けるのは難しいもの。そんなとき、同じ志を持った人たちがいれば心強い」

「面白そうですね。ウィナーで学んだ教訓を生かせそうです。ぜひやってみます」

嬉しいことに江美も手伝いたいと言った。きっと最高のサポートをしてくれるだろう。

プロセスにこそ幸せがある

「そうだ、君たち2人に大切なことを教えなくちゃいけない。投資が先で消費が後というのは不労所得の3番目のルールだったけどさ、一番大きな消費って何だと思う?」

卓也と江美は顔を見合わせた。そして家ではないかと答えた。

「家よりお金がかかるものがある。それは……家族だよ。家族ほどのひどい金喰い虫はないんだ。だから、君が本気で不労所得を実現することを誓うなら家族は持ってはいけない」

冗談かと思ったが湯沢は真剣な顔をしていた。でも、よくみるとわざと鼻の穴をぴくぴく動かしている。

卓也が鼻を指差すと湯沢は顔をほころばせた。江美は何が起こっているのか分からず、混乱しているようだった。

「冗談だよ。家族ほどのひどい金喰い虫はないっていうのは本当だけどね。でも最高の喜びにもなるのが家族なんだよ。ここに気をつけてほしいんだけど、不労所得に取り憑かれてしまうと喜びが見えなくなってしまう。いや、不労所得だけじゃないな。成功にばかり目を奪われてしまうと、目の前の喜びを見失うんだ」

江美が思わず口を開いた。

「分かります。仕事って数字も大切ですけど、でも数字だけを見るととってもつまらないものになります」

「そうなんだよ。成功は結果だけど、プロセスにこそ幸せがある。どんなに莫大な資産を形成しても死んでこの世を去るときには、全部手放さなければならない」

「僕たちは死んだら全部手放すって、当たり前だけど忘れてしまいますね」

「資産を形成することに夢中になりすぎると執着してしまう。資産こそが自分のすべてだと思ってしまうこともある。でも、どんなに心血を注いで築き上げ、大切に守り抜いたものも死ぬときには手放さなければならないんだ」

時計を見るともう10時を過ぎていた。湯沢は玄関まで2人を見送ってくれた。

「さあ、不労所得についての基本的なことは全部教えた。卒業だよ。おめでとう。あとは実践だ。たくさんの幸せな成功者を作っておくれ。素敵な奥さんを紹介してくれてありがとう。またいつでも遊びにおいで」

湯沢と固く握手した。なんだかじーんと来た。

エピローグ

師

……それから10年が過ぎた。

若い経営者はスタッフとの関係で悩んでいた。45歳になった卓也は相手に必要と思われる言葉をかけた。

「振り返ればすべては必要な道なんだよ。あなたは選べない自分を責めているようだけどね。今悩んでいる状態も、あなたにとっては必要なんだよ」

「卓也さんはなんだか悟っていますね。別世界の人って感じがします」

卓也は笑って否定した。

「いやいや、君が感じているほどそんなに差があるわけじゃない。君もすぐにそう言われるようになるさ」

卓也は院長たちが集まるこの毎月のミーティングが楽しみでならなかった。

整体院はこの10年間で増えていき、現在は10店舗になっていた。グループの年商は4億に上る。

この整体ビジネスからのロイヤルティによる不労所得は年500万円程度になっていた。

決して順風だったわけではない。14店舗を立ち上げたが、4店舗は売上の不振や経営者の都合によって閉店に追い込まれたのだった。

ここまで増えたのはビジネスが広がる仕組みを作っていたおかげだ。もし、仕組みにしていなかったら、数店舗が閉鎖になった時点で意気が下がり出店しなくなっていただろう。そしてまた、よい人材が集まってきてくれたことも成功に欠かせない。

生き残っている10店舗の経営者たちも全員が不安もなく成功しているわけではない。人間関係に苦しんでいる者もいれば、売上が減ってきて生活に困っている者もいる。そんな彼らの悩みを聞いていても卓也の心は平穏だった。どんな失敗もその人にとって必要な経験なのだ。振り返ればどれもが正しい道で、間違った道を歩んでいる者など1人もいない。卓也が過去の体験から学んだことだ。彼らを見守り、必要なときにだけ方向を修正してあげる。昔、成功者が自分にしてくれたことをそのまま彼らにしてあげていた。

ミーティングが終わり、ホテルの駐車場を歩きながら、先ほどの経営者の言葉を思い出していた。

(ふふ……別世界の人か)

白分も昔、成功者に会ったときにはそう感じたものだ。彼らはそんなに違いはないと言ったものだが、当時の卓也には信じられなかった。でも、今になって分かる。本当にそんなに大きな違いはないのだ。

と、そのときだった。

「あ、あのう。すみません。泉卓也さんですよね。ええと、僕は不労所得サークルに入っているのですが、どうしても泉さんにお会いしてみたくて」

ひどく緊張していた。そういえば、サークルにはしばらく顔を出していない。彼によると泉卓也はどうやら成功者を生んだ偉大な成功者として語られているようだ。

それはそうかもしれない。現在3000人の不労所得サークルの創始者であり、そこで学んで不労所得を実現した者が日本中に何人もいるのだ。

「やっぱりそうだったんですね。時々こちらにいらっしゃると聞いて、ぜひ一度お話を聞きたいと思いまして、ずっと待っていたんです。仕事も人間関係も……人生のすべてが行き詰まっていまして、1人じゃどうにもできなくて。いつでもいいですから、少しだけお話をさせていただけないでしょうか」

どうせ、今日の起業家との経営相談は終わった。あとはスポーツジムに行って汗を流してから家に帰るだけだ。1時間くらい話を聞いてアドバイスをしてあげてもいい。ラウンジでお茶でもどうかと誘った。若者は大喜びだった。

卓也の投資は、着実に続けられていた。アラン・スミスのアドバイスに従って、投資信託に合計1000万円の元手を投資していた。先週確認して驚いたのだが数倍になっていた。複利の力は体験しないと分からない、という湯沢の言葉が本当によく分かった。

数年前からアランは異色の投資アドバイザーとしてよくテレビにも出演し有名人

になっていた。今ではもう個人クライアントは断っているらしい。まだ無名のうちにアドバイザーになってもらえたのは本当にラッキーだった。

この他に不動産はアパートを一棟持っている。賃貸不動産の将来は日本では厳しい状況だとは分かっていたが、よい物件を紹介され、ずっと大家さんになることに憧れていたので買ってみたのだ。購入してから3年が経過しただけだが、空室が出てもすぐに埋まり、実質利回りで年5パーセント程度を達成していた。

分かち合いが成功をもたらす

よい経営者候補の人材が集まってきてくれたのも、優良物件を紹介してもらえたのも、湯沢のアドバイスで作った〝不労所得サークル〟のおかげだった。

湯沢の家で教えてもらってからすぐにほんの数人からサークルをスタートさせた。合言葉は「みんなで情報を分かち合う勉強会」。最初は卓也が湯沢から教えてもらったことを口頭で伝えた。それを江美がまとめてテキストに仕上げてくれた。会費を安めに設定したため、学生やサラリーマンや主婦など多くの職業の人が参加した。

2年目にはメンバー数は30人を超え、卓也だけでは教えられなくなった。そこで最初に学んだ先輩のメンバーが後輩のメンバーに教えていくという部活動のようなスタイルにした。まさに〝分かち合いの中心〟になったのだ。

3年目には100人を超え、きちんとした管理と運営が必要になったためにNPO法人にした。専門家を講師として招き、レクチャーをしてもらうこともあった。最初の講師はアランだ。他の講師は人づてに紹介してもらった。ボランティア団体として活動していることが人とつながるのには大いに役立った。

人数が増えてからは、ビジネス、証券、不動産の各専門家を講師に呼び、メンバー向けに講座を開いてもらった。それを手分けしてデータ化し蓄積していった。

卓也は主にビジネス部門を担当することになった。各分野のノウハウは膨大になって、卓也も把握できていない。

そして、現在のメンバー数は3000名以上。日本中で支部が活動している。集まったノウハウはインターネットで閲覧できるようになっており、今も動画の再生回数は驚く勢いで伸びている。

この不労所得サークルは手間ばかりかかってまったく儲からないものだった。それどころかメンバーが増えると無理な要求も多く、時には泉卓也という奴は裏で儲けている、という言われもない批判をされて傷つき、もう辞めたいと思ったこともあった。

しかし、卓也は気づかぬうちに〝人脈〟という素晴らしい恩恵を受けていたのだった。その〝人脈〟を通して自動的に〝情報〟が集まってきた。情報は人脈からもたらされるという意味がよく分かった。

整体院の経営をしてみたいという志望者もこのサークルから次々に現れた。彼らは卓也という人間と一緒にビジネスをやりたいと言ってくれるのだった。そして、このサークルから集まる人材はいい人ばかりだった。みんなで情報を分かち合うという理念に賛同するような人たちだったからだ。

ウィナーでは卓也も含めてみんなのエゴが表に出たためにマイナスに作用してしまったが、このサークルでは分かち合う心がプラスに作用した。

「自分だけ成功したい」という思いを手放すと、もっと大きな成功を手に入れることができる。この法則は世間で思われている常識とは反対のものなのだ。

3年前に不労所得サークルの代表からは引退し、顧問という立場になった。卓也がいなくてもみんなの協力によって順調に運営されている。

卓也の普段の生活はというと、いまだに整体院で働いていた。ただし、その日数は週4日に減らしていた。生活することだけを考えたらほとんど働く必要はないが、お客さんの痛みを癒す仕事はやりがいがあり、整体の技術を研究するとても楽しい時間だったのだ。つくづく整体が好きなのだということを実感している。

週4日だけしか店にでないで済む理由は、安達清志がいてくれるからだった。清志は5年前に結婚して幸せそうだ。新規出店の応援で卓也が店を空けることができたのも彼のおかげだった。任せられる人材がいるというのは大いに助かる。彼を許し、採用したことは大正解だった。とりあえず今のところは。

湯沢とはときどき遊びにいく間柄になっている。来週も一緒に北海道にお寿司を食べに行く約束をしている。今の時期ならウニが美味しいだろう。10年経った今も経営や投資や人生のアドバイスをしてくれる大切な師匠だった。卓也が成長して追いついたかなと思うと、湯沢はさらにその先を行っているのだった。あの不労所得レクチャーの内容は今になって理解できることも多い。

石田とは2年前に偶然ホテルのラウンジで再会した。元気にしていて、傍らには奥さんが付き添っていた。一目見て仲がいいことが感じられた。

小松の行方はウィナーのメンバーに聞いても誰も分からなかった。幸せになってくれていたらいいなと願わずにはいられない。

成幸のカニミソ

27階建ての高層マンションの26階が今の卓也の家だ。走ってお出迎えしてくれた娘を抱き上げキスをする。キッチンで料理を作っていた妻の江美にもキスをした。

「おかえりなさい。すぐにパスタができるからね」

間もなく長男が塾から帰ってきた。大きくなるにつれて自分にそっくりになっていく。遺伝子というものは実に不思議だ。

家族4人での夕食。高層階から見る夜景は、ここに遊びに来た友人たちの全員がうらやむ絶景だったが、もうなんとも思わなくなってしまった。1年も住めば慣れてしまうものだ。むしろ、子供のことを考えると自然の中でのびのびと育てたいと思う。それに高層マンションでは大型犬が飼えないのが不満だ。その計画は着々と進めていて、来年には沖縄に引越しをする予定だ。去年やっと土地が見つかり、今は家を建設している。

沖縄の家には将来サロンにする部屋をつくってある。江美の夢をやっと叶えてあげられる。江美の夢は実行の直前になって妊娠が分かり、延期せざるをえなかったのだ。

沖縄に移り住んだら黒のラブラドールを飼うつもりだ。それは昔飼っていた犬と交わした約束だった。


夕食後の時間を家族とゆっくりと過ごしたあと、卓也はベッドに入った。すぐに娘を寝かしつけた江美もベッドにきた。今日1日を振り返りながら夫婦のおしゃべりをする。2人は深い幸せに満たされた。

「本当に幸せよね。私たち」

「本当だな。ありえないくらいだよ。昔はこんな毎日を思い描いていたものさ。あ、そうだ。今日、若者に声をかけられてね。自分が苦しかったときのことを思い出すよ。海で遭難して今にも溺れかけているみたいだった」

ホテルでミーティングをした帰りに駐車場で声をかけられたことを話した。

「へえ、そんなことがあったの。ウィナーのときのあなたを思い出すわ。本当に雲の上の人に見えたもの。でもあなたもそんな遭難して溺れていた状態があったのね。そこから頑張って今みたいな状態があるんでしょ。すごいな。私、あなたみたいな男性と出会えて本当によかった。できればまだ成功していないときから一緒にいたかったな」

「ウィナーで江美と会ったときは赤字だったよ」

「でも、私たちから見れば立派な成功者だったわよ。この人と結婚したいって思ったもの」

「えっ、そうだったの？」

初めて聞く告白だ。卓也を嬉しくさせた。

おやすみのキスをして目を閉じた。

（そうだ、今度あの若者に会ったら、あなたはビジネスで成功したいのですか、それとも人生で成功したいのですかって質問してやろう。それで、1週間で10人の経営者に会う課題を出すんだ。その課題をやり遂げたら教えてあげようかな）

その思いつきに胸が躍った。

(それにしても幸せだな。何に感謝できるかな。家族が健康であること、妻と仲良くいられること、仕事が上手くいっていること……)

毎晩の習慣にしている「感謝できることを考えるワーク」を始めた。これをすると幸せな気持ちで眠れるのだ。

いつもなら10個くらい数えたあたりでウトウトし始めるのだが、今日は何かを思い出し、はっと飛び起きた。

卓也は押し入れをかき回して、奥から1冊のノートを探し出した。ぼろぼろに擦り切れ、手あかにまみれている。16年前、成功者に学び始めて教えてもらったことを書き取った初代の〝成幸のカニミソノート〟だ。

「懐かしいなあ。えーと、たしか最初のほうだったよな……あった!」

探しだした箇所を読み返す。全身が総毛立ち、読む手が震えた。

「理想の1日
朝、高層マンションの一室で目覚まし時計をかけずに自然に目覚める。ダイニングでは美しい妻が朝食を用意して待っていた。午前中は仕事を入れていなかったので愛車のＮＳＸでスポーツジムに行く。汗を流してリフレッシュする。午後は、投資している起業家が家にやってきて経営の相談に乗る。自分ではもう業務レベルのことをする必要がない。夜、家で夜景を眺めながら夕食をとる。独立当初の苦労した話をする。『今日みたいな1日を夢見て頑張ってきたんだ』と言うと妻は『あなたのような行動力のある男性と結婚できて幸せ』だと言ってくれる」

この世界には想いを実現してくれる見えない力が確かに働いている。
自分はその力の中で1つにつながっている……それを感じると涙が溢れてきた。
自然と感謝の言葉を口にしていた。

あとがき

こんにちは。犬飼ターボです。最後まで読んでいただきまして、ありがとうございました。

この物語は、3部作「成功者シリーズ」の第3部にあたります。第2部の『CHANCE』はお金の自由を、この『DREAM』は時間の自由を手に入れるまでがテーマです。

ストーリーとしては『CHANCE』の続編となっていますが、こちらから先に読んでも違和感のないように書きました。

物語は僕自身の体験が元になっています。僕と同じ24歳で中古車屋さんとして起業した卓也君は、僕にとって分身のような存在です。過去を思い出しては、ワクワクしたり、反省して胸が苦しくなったり、感謝の気持ちが湧き起こったりと、なかなか激しい執筆となりました。ラストは思わず「オメエもよく頑張ったなあ！　よかったなあ」とハグして褒めてやりたくなりました。

スタートは同じでも途中から僕の人生とは違う道に進んでいきます。彼はエピローグで10店舗の整体院を展開していますが、僕は途中で手を引いて今は成功小説作家の道を進んでいます。

完成した原稿を読み返すと、まるでもう1人の自分が他の人生を選択した姿を見ているみたいな、なんとも不思議な感覚です。


今回は不労所得とならんで、夢の実現が大きなテーマとなっています。

最後に理想の1日が実現していたことに気づいて夜中に飛び起きるシーンも僕が体験したことです。そのときは感動というよりも「この世界って本当は何なの？」と薄気味悪く感じたものです。自分が勝手に作り上げている想像上の世界なのではないかと。ある部分当たっていますけど。

昔の僕は複利のパワーと同じく、夢は実現するという言葉を素直には信じられませんでした。2つとも体験しないと分からないんですね。この物語によって、この世界は夢が実現するようにできているということを、1人でも多くの方に疑似体験していただけたらとても嬉しいです。

今回の執筆にあたって、たくさんの方に協力していただきました。何も知らなかった僕に資産運用の基本を最初に教えてくれたのは久保明夫さんと村松繁さん、不動産投資を教えてくれたのは長嶋修さんです。３人の達人には今も深く感謝しております。

内臓にじんましんが出たという話を使わせてくれたのは福元紘子さん。倉茂徹さんには不動産投資の具体的な情報をいただきました。またストーリーの材料として、起業家をサポートする組織に参加してくれたみなさん、整体院のモデルとなったスタープロジェクトに参加してくれたみなさん、その整体のビジネスモデルを教えてくださった今は亡き星野明さんに心からのお礼を申し上げます。同時に、若輩者の僕がかけてしまった数々のご迷惑を今思い返すとお詫びの気持ちでいっぱいになります。

起業してから辛い出来事もたくさんありましたが、すべてが豊かな土壌となってこの物語を育ててくれました。人生に無駄はないということを改めて思い知らされます。

さて、「成功者シリーズ」も残すところ最後の1冊となりました。
シリーズ3作目にあたる第1部は、卓也君の師匠である弓池さんが主人公です。どのような人生を体験し、あんな立派な人になったのでしょうか。過酷な人生の中で神性な自己に触れ、奉仕のステージに至るまでを描く予定です。でも正直、果たして自分にそんなすごい物語が書けるのか……少し不安です。

犬飼ターボ

2007年11月

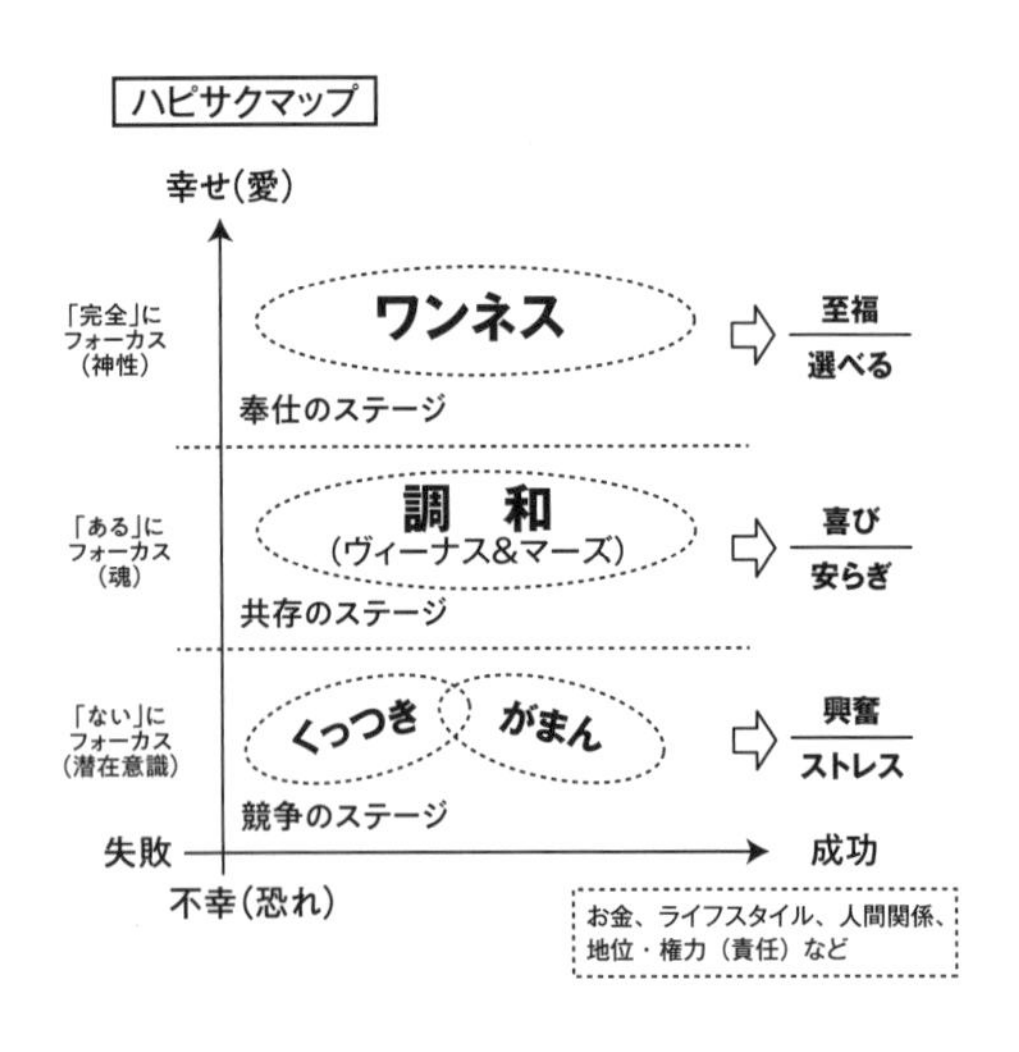

犬飼ターボの作品はこのハピサクマップをベースにして書かれています。

犬飼ターボのホームページhttp://inukai.tv/
あとがきには書けなかった裏話や物語の中に出てくる成功法則の解説、幸せと成功のコラムなどを公開しています。どうぞ一度遊びにいらしてください。

文庫版　あとがき

このあとがきを書くために出版から15年がたって読み返しました。他界した父親と愛犬のディアが登場して懐かしさと温かさが広がりました。心がヒリヒリしました。ウィナーは実際の出来事を元にしていたからです。今だから言えますが、卓也と同じように団体の代表になったものの石田や小松のような人物も本当にいたので大問題が起きました。卓也が乗り越えて成功して最後のノートを読むシーンは感動して涙が出ました。

今までに9冊書きましたが今も売れ続け、こうして文庫化されるのは珍しいと思います。これも最初に「本棚に残る本を書こう」と決めたからだと思います。そのために、時代で変わるテクニックではなく普遍的な本質を書くこと、読者が主人公に感情移入して一緒に成功のプロセスを体験すること、また数年後に読みなおしたときに気づきと発見があるように、初心者でも分かりやすい行動レベルの話を7割にして、3割は体験したときに分かる感情レベルの話とメンターになったときに分かるレベルのことを書いています。

本書は投資が1つのテーマです。不労所得は今で言うＦＩＲＥ（経済的自立と早期リタイア）ですね。投資の方法を一通り網羅している入門書となっています。

書いたことは自分でほぼすべて試してみましたので15年後の成果をありのままに報告したいと思います。

不動産は長嶋修さんのアドバイスに従ったおかげで大きな利益になりました。札幌に購入したアパートは15年保有し、家賃収入に加えて売却時に購入価格とほぼ同じ金額で売れました。現在の長嶋さんは、さくら事務所の会長に就任し、日本ホームインスペクターズ協会理事長であり、国交省・経産省等の委員を歴任されました。いやいや、すごい方にアドバイスをいただいていたものです。ただ、僕自身が不動産に興味が持てず他の物件を購入することはなく終わりました。

投資信託は日本国内のファンドや変額保険を5つほど試しましたが、大きな損失が出ました。海外のファンドは平均して2倍以上の価格になりました。

銀行の窓口で勧められて買った社債は半値に落ち、ひどい目に遭いました。

以上の経験を踏まえて、現在お勧めする投資は2つあります。1つはアメリカのインデックスファンドを毎月積み立てること。これが最も手堅い方法だと考えています。興味があればネットで調べてみてください。もう1つは不動産投資です。こちらはしっかり学んでから手を出してください。焦って買うとその後大きな負債になります。

個人的に一通り投資をやってみて、自分は投資には向いていないということが分かりました。あまり調べずにすぐに手を出す典型的な起業家タイプで失敗も多く、またどんなに儲かっても面白いと思えませんでした。誰かを感動させるのが好きで、それがないと続けられませんでした。

しかし意外なことに妻が株式投資の適性を持っていました。コロナ禍でも平均15%の利回りを出しています。慎重な性格なのでとにかく情報を集めます。先見の明を評価されるようで面白いそうです。

本書を入り口にして、ビジネスが向いている人はビジネスを、投資に向いている人は投資を学んでいただきたいと思います。

卓也は事件が起きた後に振り返って学び成功しました。人生で新しいことに挑戦すると問題が起きます。大きな失敗もします。いろんな人に迷惑をかけることもあります。それは仕方がないことなのです。なかったことにせず、その後に学んで改善していけば人生はきっとよくなると信じています。

文庫化を記念してプレゼントを用意しました。

「15年後の犬飼ターボが語るＦＩＲＥのコツと成功のルール」のＰＤＦです。公式サイトからダウンロードできます。左ページのＱＲコードを読み取ってください。

犬飼ターボ

犬飼ターボ（いぬかい・たーぼ）

成功小説家・人間心理学講師
24歳で起業するも全く上手くいかずに、パートでしのぐ毎日を送る。自己流で頑張ることに限界を感じ、本やセミナーで能力を高め、苦手なセールスに挑戦して27歳のときに2000人の会社で年間売上高日本一を達成。さらに、設立した会社を3年で年商5億にし、自分が成功した方法を起業セミナーなどで伝えて経営者を輩出する。ところが、幸せに満たされた感覚はなかった。世間から見れば成功者でも、「まだ足りない」「もっと価値を提供しなければ」「さらに人格者にならなければ」と自分を追いつめパニック障害寸前になる。30歳のとき、潜在意識の思い込みを書き換えるセラピーを受け、3年間に400個以上の苦しみの原因を取り除いていく。その過程で自分が不安や寂しさや怒りを使った【崖ルート】で人生の成功を手に入れていたことに気づく。【階段ルート】を伝えることが使命だと確信し、半年間に渡って人間心理学を学ぶ講座「センターピース」を作る。東京、大阪、八ヶ岳で開催し、毎年100名が受講。「簡単&楽しい」を追求した結果、卒業生の多くが、「いつの間にか楽に仕事ができるようになった」「お客さんがファンになってくれるようになった」「家族との関係がよくなった」と人生の成功を手に入れている姿から、どんな成長過程にいる人も、人間心理に沿って学べば幸せに成功できると確信している。主人公が幸せに成功する姿を描いた小説は累計10万部を突破。海外でも翻訳されている。
著書に『CHANCE』『天使は歩いてやってくる』『TREASURE』『仕事は輝く』（飛鳥新社）、『星の商人』（サンマーク出版）などがある。

出版記念プレゼントコード

15年後の犬飼ターボが語る
FIREのコツと成功のルール

【犬飼ターボの本】

CHANCE
チャンス
《文庫版》

犬飼ターボ

人は誰でも成功者として生まれている。

ただ、そのことに気づいていないだけだ——。


サラリーマンになるのは嫌だ！　と独立を志し、いろいろな事業を試みては、失敗を繰り返す泉卓也（28）は、ある日偶然、フェラーリに乗る弓池という成功者と出会う。

なぜ自分はいままで上手くいかなかったのか？　どうすれば成功者の仲間入りができるのか？　人生で成功するということはいったいどういうことなのか？

数々の試練を乗り越えながら、弓池から多くを学び取っていった卓也が導いたその答えとは……？

成功を収めた著者が実体験をもとに描く、元気が出るサクセス・ストーリー！

定価 763 円（税込）
ISBN978-4-86410-588-0

【犬飼ターボの本】

仕事は輝く

《文庫版》

犬飼ターボ

仕事に意味を見いだせない。
人間関係が辛くて投げ出してしまいたい――
誰もが一度は悩むその問題の答えは、
昔から様々な講師によって語り継がれてきた
成功哲学の古典、「石切り職人の話」の中にある。

とある湾岸都市で石切り職人を生業としている主人公アルダ。繰り返される単調な仕事に辟易としていたある日、彼の目の前に「成功の巻物」を持つ不思議な老人が現れる。なけなしのお金をはたき、その巻物を手に入れたアルダ。そこから彼の人生は大きく動き始めるのだった。

定価 662 円（税込）
ISBN978-4-86410-587-3

本書は二〇〇七年十二月に小社より刊行された
単行本を文庫化したものです。

ドリーム　成功者が教える魂の富の作りかた《文庫版》

2022年7月10日　第1刷発行

著　者　　犬飼ターボ

発行者　　大山邦興
発行所　　株式会社　飛鳥新社
〒101-0003 東京都千代田区一ツ橋2-4-3
光文恒産ビル
電話（営業）03-3263-7770（編集）03-3263-7773
http://www.asukashinsha.co.jp

装　幀　　井上新八
印刷・製本　　中央精版印刷株式会社

ISBN978-4-86410-899-7